E. L. Swann

Nachts, wenn der Garten blüht

atb aufbau taschenbuch

E. L. Swann ist das Pseudonym der sehr erfolgreichen Kinderbuchautorin Kathryn Lasky. Sie lebt in Cambridge, Massachusetts.

Maggie Wells ist Anfang sechzig und verwitwet; mit ihren grünen Augen und roten Haaren ist sie immer noch eine beeindruckende Frau. Nach einem Schlaganfall kann sie ihr Haus jedoch kaum noch verlassen und lebt sehr zurückgezogen. Als Tristan Mallory, ein renommierter Gartenarchitekt, der den Nachbargarten umgestalten soll, sie entdeckt, ist er sofort fasziniert von ihr. Um die fremde, unnahbare Frau kennenzulernen, beginnt er, nachts ihren verwilderten Garten in Ordnung zu bringen. Nach langem Zögern lässt sich Maggie auf ein Treffen ein – und auf eine Liebesaffäre. Doch einer will ihr neues Glück unbedingt verhindern – ausgerechnet ihr eigener Sohn.

E.L. Swann

NACHTS, WENN DER GARTEN BLÜHT

Roman

Aus dem Amerikanischen
von Hedda Pänke

aufbau taschenbuch

Die Originalausgabe unter dem Titel
Night Gardening
erschien 1999 bei Hyperion, New York

FSC
www.fsc.org
MIX
Papier aus verantwortungsvollen Quellen
FSC® C083411

ISBN 978-3-7466-3713-6

Aufbau Taschenbuch ist eine Marke der Aufbau Verlag GmbH & Co. KG

1. Auflage 2020
Vollständige Taschenbuchausgabe

Umschlaggestaltung U1berlin, Patrizia Di Stefano
unter Verwendung eines Bildes von © Victoria Davies / Trevillion Images
Satz LVD GmbH, Berlin
Druck und Binden CPI books GmbH, Leck, Germany
Printed in Germany

www.aufbau-verlag.de

Für C. G. K.

Wenn ich das Wahre
nicht als wahr erkennen kann,
wie erkenne ich dann
einen Traum als Traum?

SAIGYO HOSHI,
Waka-Dichter (1118–1190)

ERSTES KAPITEL

Tristan Mallory

Wenn man etwas wachsen lassen will, muss man es verstehen, im wahrsten Sinn des Wortes verstehen.
RUSSELL PAGE The Education of a Gardener

Tristan Mallory wechselte die Spur und blickte in den Rückspiegel seines Lasters. In Ordnung. Nur zwei Wagen hinter ihm versuchte Peter, sich auf der rechten Fahrbahn einzufädeln. Hoffentlich verpasste er nicht die Ausfahrt für die 93 wie letztes Mal. Die Vorstellung, ein Neunzehnjähriger könnte mit Planiermaschinen im Wert von einhunderttausend Dollar Boston endlos auf der Route 128 umkreisen, war beängstigend. Tristan hatte ein paar Tonnen Steine geladen, keine x-beliebigen Steine, sondern das Produkt einer Art geologischer Mussheirat, die im Paläozoikum geschlossen wurde, als eine ozeanische Platte in eine tiefe Erdrinne sackte und Brocken zurückließ, aus denen die Appalachen und Caledonian Mountains entstehen sollten. Als Schottland zusammen mit dem europäischen Rest beschloss, sich von Nordamerika zu lösen und mit der würdevollen Geschwindigkeit von ein paar Zentimetern pro Jahrtausend gen Osten zu gleiten, blieb dieser wundervolle graue Stein mit schieferblauen Maserungen an beiden Rändern der neuentstandenen Kontinente zurück.

Gestern abend hatte Tristan mit Luigi gesprochen, und der war bereit gewesen, heute mit seinen Männern zur Stelle zu sein, um beim Abladen zu helfen. Dann würde Luigi den Stein behauen, und Tristan könnte mit den einzelnen Platten die unregelmäßigen Wege anlegen, die einer Rasenfläche das übermäßig Gepflegte nahmen. Und das war bei diesem Garten dringend geboten.

Es waren nette Leute, diese Steins, und erst kürzlich aus New York City hierhergezogen. Sie hatten Tristans Anlagen in Litchfield, Connecticut, und etliche Gärten in den Hamptons auf Long Island gesehen. Aber Tristan empfand stets ein gewisses Missbehagen bei Frauen, die weiße Gärten haben wollten, Variationen von Vita Sackville-Wests Weißem Garten in Sissinghurst. Und genau das war auch Judith Steins Wunsch. Nicht, dass er etwas dagegen hätte, aus den Inspirationen anderer Honig zu saugen. Die Frauen legten auch stets großen Wert auf die Feststellung, dass sie sich keine exakte Kopie wünschten, und versicherten ihm, dass die Anlage seinen unverwechselbaren Stempel tragen müsse. Aber er fragte sich immer, was sie für seinen unverwechselbaren Stempel hielten.

Nein, es war nicht der Geist von Vita Sackville-West und ihrer Sissinghurst-Gärten, der ihn beunruhigte. Es waren die Frauen selbst. Was war in diese plötzlich reichgewordenen Frauen gefahren, die doch häufig aus recht einfachen Verhältnissen stammten? Wo sie aufgewachsen waren, stellten sich die Leute Whiskeyfässer vors Haus, die sie mit Petunien und Polsterphlox bepflanzt hatten, oder sie stopften adrette, kleine Gemüsegärten mit Kirschtomaten, Kohlrabi, Kräutern und Salat voll. Vielleicht waren sie auch auf einer Farm aufgewachsen, mit Mais-, Sojabohnen- oder Alfalfa-Feldern sowie einem halben Morgen Gemüsebeeten, auf denen Melonenranken über den Boden krochen und Stangenbohnen in die Höhe kletterten. Alles in allem gute, rechtschaffene Gärten. Wie zum Teufel kamen sie nur auf Sissinghurst? Die Gärten schienen sich als fixe Idee in den Köpfen der Frauen festgesetzt zu haben, ohne jeden Bezug zu ihrem persönlichen Hintergrund oder der Umgebung, der Landschaft, in der sie entstehen sollten. Und es war mehr als bedenklich, eine Gartenanlage nicht aufgrund der Topographie und der Bodenbeschaffenheit zu entwickeln, sondern sie der Landschaft aufzupfropfen.

Die Ausfahrt Sullivan Square kam in Sicht. Jetzt befand sich Peter direkt hinter ihm. Zu dieser frühen Morgenstunde herrschte kaum Verkehr, und schon bald ließen sie Somerville hinter sich. Für Tristan war es eine Quelle nie nachlassender Verwunderung, wie sehr sich die gesamte Atmosphäre veränderte, sobald man, von Somerville kommend, die Grenze nach Cambridge überquerte. Kleine, schäbige Krämerläden gab es nicht mehr. Möbelgeschäfte mit ebenso erschreckend geschmacklosen wie dichtgestapelten Schlafzimmereinrichtungen in den Schaufenstern wurden durch dezente Verkaufssalons für tausenderlei Brot und exotischen Kaffee ersetzt. Die Bürgersteige aus Beton verwandelten sich in backsteingepflasterte. Überall Studenten, ältliche Professoren mit Barett und korpulente, gutbetuchte Ladies mit Hunden an der Leine. Unter keinen Umständen, selbst so früh am Morgen, wollte Tristan Harvard Square überqueren. So hielt er sich vom Platz fern und umfuhr statt dessen Cambridge Common. Er bog in die Mason Street ein, und dann war es nur noch ein Block bis zur Brattle Street – oder Tory Row, wie sie in den Tagen der Kolonialherrschaft hieß. Die größten Häuser mit den höchsten Bäumen lagen an der Brattle Street. Heutzutage wechselte hier keine Immobilie unter einer Million den Besitzer. Es war *die* Adresse in Cambridge.

An den zwei oder drei kleinen Sackgassen, die von der Brattle Street abgingen, standen ebenso teure wie berühmte Villen. Eine davon war von den Steins erworben worden. Das von H. H. Richardson entworfene Haus war ein ausladender, schindelgedeckter Koloss mit fünfundzwanzig Zimmern. Es gab einen langgestreckten Garten mit bequemem Zugang für Bulldozer, Rammen und anderes schweres Gerät, das Tristan einsetzen wollte. Im Hinblick auf die Zugänglichkeit war es der Traum eines jeden Landschaftsgestalters. Zu schade, dass Judith Stein nicht für wirklich großes Gestein zu begeistern war: zu einem japanischen Garten. Sonst hätte er ein paar nette Fünftonner aus Granit anschleppen und etwas schaffen können, was einer japanischen Seidenmalerei würdig war.

In der Sackgasse gab es nur noch zwei weitere Häuser, ein imposantes Holzschindelgebäude im Federal Style und eins mit Stuckverzierung von leicht verblichener Eleganz. Die Mauern des Stuckhauses waren cognacfarben gestrichen und efeuberankt. Es wirkte, als würde es sich in den Schatten des Richardsonbaus ducken. Aber es hatte Charakter, etwas Geheimnisvolles ging von ihm aus, das Tristan stets dazu veranlasste, einen Moment zu ihm hinüberzublicken, wenn er bei den Steins vorfuhr.

Für ein Haus wie das stuckverzierte konnte er sich einen weißen Garten einfach nicht vorstellen. Natürlich gab es in einer Stadt, selbst in einer so kleinen Stadt wie Cambridge, nur sehr wenige Plätze, die sich für naturhafte Wildnis eigneten, aber hier, im Garten des Stuckhauses, wäre das möglich. Selbst in den formalsten Gärten war nach Tristans Ansicht Raum für eine kleine naturbelassene, wildnishafte Ecke – und sei es auch nur irgendwo im Schatten.

Luigi wartete schon auf ihn, und mit ihm ein Laster mit einer halben Tonne Kies. Tristan griff über die Sitzlehne, angelte nach der Papprolle mit den Entwürfen und stieg aus. Er war groß, sein silbernes Haar kurz geschnitten. Sein Gesicht war von der Arbeit in der Frühlingssonne leicht gebräunt, feine weiße Linien verliefen von seinen Augen zu den Schläfen. Er trug keine Sonnenbrille, wie er es früher tat, weil er jetzt eine Lesebrille zum Studieren seiner Pläne brauchte. Manchmal trug er beide übereinander, aber das konnte schwierig werden.

»*Buon giorno,* Luigi.«

»Morgen, Mister Mallory. Ich würde Ihnen gern meinen Neffen Al und meinen anderen Neffen Gianfranco vorstellen. Und das ist der jüngere Bruder meiner Frau, Tony. Aber den kennen Sie bereits, er hat bei dem Auftrag in Concord mitgeholfen.«

»O ja, Tony. Wie geht es Ihnen?« Tristan schüttelte Hände. Luigi verfügte über einen unerschöpflichen Vorrat an Neffen, Brüdern, Schwagern und Cousins. Sie kamen in unterschiedlichster Gestalt und Größe vor, aber alle waren fähige Steinschlepper, -heber, -hauer und -schleifer. »Und wo wollen Sie arbeiten?«

»Weiter hinten, wo die untere Terrasse entstehen soll. Dort gibt es Wasser. Wir brauchen nicht einmal lange Leitungen zu verlegen. Hervorragend zugänglich. Kaum zu glauben, dass es das in Cambridge gibt.«

»Nun, bei dem Preis, den sie hingeblättert haben, sollten sie einen guten Zugang verlangen können.«

»Als was verdient der Bursche eigentlich seine Brötchen, Mister Mallory?«

»Als Investmentbanker.«

»Ah, das erklärt alles. Aber warum lebt er nicht in Wellesley? Dort wohnen die ganzen Banker doch – in Wellesley oder Dover.«

»Keine Ahnung.« Tristan zuckte mit den Schultern.

Sie gingen um das Haus herum in den Garten. Es war morgens um halb acht, aber befriedigt stellte Tristan fest, dass der von Perrelli Construction gemietete Raupen-Bulldozer bereits da war. Wie ein schlafendes Ungetüm kauerte er in der Mitte des eingeebneten Geländes. Die Planierungsmarkierungen steckten alle an Ort und Stelle, aber Tristan würde sie noch einmal überprüfen. Auf einem großen Hügel abgetragener Muttererde stand eine Frau Anfang vierzig. Unter ihrem Regenmantel war der Saum ihres Nachthemdes zu sehen. Sie hielt einen Becher Kaffee in der Hand und überblickte ihr Reich. Nur der Bulldozer und ein Netzwerk von Gräben für Versorgungsleitungen – Wasserrohre, Elektrokabel – unterbrachen die Einförmigkeit des kahlen Geländes.

»Hello, Mistress Stein.«

»Judith, Tristan. Nennen Sie mich doch bitte Judith.«

»Gern, Judith. Also heute wird es ernst.« Wie aufs Stichwort beendete das Stakkatohusten des Schaufelbaggers die morgendliche Ruhe. Auf der Zufahrt hinter dem Garten tauchten gelbe Greifer auf. Unter den Klauen wurden lenkbare Schaufeln sichtbar. »Was ist denn das?«, fragte Judith Stein.

»Niedlich, was? Wie ein Baby-Dino. Das ist unser Lieblingsbagger. Sind Ihre Jungs schon wach?«

»Aber sicher.«

»Dann rufen Sie sie her. Heute können sie hier was erleben. Sie sollten sie die Schule schwänzen lassen. Hier werden heute Spielzeugträume wahr.«

Judith Stein lächelte. Tristan blickte dem Bagger entgegen, den Peter und Roger auf das Gelände chauffierten. Mit seinem gebräunten, markanten Gesicht und den silbergrauen Haaren war er kein übler Anblick. Sie fragte sich, wie alt er war. Mindestens sechzig. »Haben Sie Kinder?«, fragte sie.

»Enkelkinder.«

»Sie müssen an ihrem Großvater hängen wie die Kletten.«

»Ich sehe sie nur selten. Sie leben in Kalifornien. Ich besuche sie in den Ferien, aber das ist nicht das Gleiche.« Tristan wusste nicht, was er mit »das Gleiche« meinte. Er nahm an, dass sich die meisten Leute keine genauen Vorstellungen von ihrem Leben als Großeltern machen, aber da er seine Töchter von einem relativ jungen Alter an allein aufgezogen hatte, war er wohl davon ausgegangen, dass auch seine Enkel ständig um ihn waren. Wie viele tausend Jelly-Sandwiches hatte er eigentlich für seine Mädchen gemacht? Und jetzt wurde ihm bewusst, dass er für den kleinen Tristan nie welche geschmiert hatte, auch nicht für Timmy oder Mary. Irgendwo in seinem Inneren empfand er einen kleinen

Stich und kam sich plötzlich ziemlich albern vor. Abrupt fügte er hinzu: »Haben Sie mit den Nachbarn über die Mauer geredet?«

»Bill hat heute Abend eine Verabredung mit den Kindern von Mistress Welles. Ihr geht es wohl nicht besonders gut. Sie ist Witwe. Wir haben sie noch nicht kennengelernt.«

»Die Mauer ist in keinem besonders guten Zustand. Wir haben sie von dieser Seite aus so gut es geht abgestützt«, sagte Tristan. »Es ist eine schöne Mauer. Man sollte sie nach Möglichkeit erhalten. Vielleicht können sie sich an den Kosten einer ordentlichen Restaurierung beteiligen.«

Judith Stein überlegte keine Sekunde. »Wenn sie das ablehnen, ist es auch kein Problem. Wir tragen die Gesamtkosten.«

Klar. Das war genau die Art von Leuten, denen es gar nicht in den Sinn kam, dass Geld irgendein Hindernis darstellen könnte.

»Nun, ich muss an die Arbeit.« Behende lief er den steilen Erdhaufen hinunter und ging mit langen Schritten auf die beiden jungen Männer neben dem Bagger zu. Judith Stein sah, wie er die Entwürfe aus der Rolle holte und auf die Markierungsstäbe zeigte. Sie schloss die Augen und stellte sich die von alabasterweißen *Rosa longicuspis* förmlich überschüttete Pergola in Sissinghurst vor.

ZWEITES KAPITEL

Maggie Welles

Der »Grüne Daumen« ist ein Faktum und nur dem Unerfahrenen ein Mysterium. Aber zu einem grünen Daumen gehört ein grünes Herz.

RUSSELL PAGE The Education of a Gardener

Maggie Welles saß in ihrem Rollstuhl im Wintergarten und hing einem der sonderbaren Tagträume nach, die sie seit ihrem Schlaganfall immer wieder überfielen. Sie dachte über Nasen nach, über die Nasen der Familie Welles, genauer gesagt. Als sie ihren verstorbenen Mann Adams Welles kennenlernte, der damals seine letzten Semester an Harvard absolvierte, hatte er eine schmale, zartgewölbte Nase, die gleiche wie sein nur ein Jahr jüngerer Bruder und diverse Cousins. Ihre Nasen waren so edel, so aristokratisch, dass sie ausschließlich zu dezentem Schnüffeln, aber nie zum Schnauben fähig schienen, und auch nur dazu bestimmt, die allerfeinsten Düfte einzuatmen. Aber alle Mitglieder der Familie Welles tranken, auch ihr Mann. Doch selbst nach etlichen Martinis zum Lunch konnten sie noch immer einen Golfball schnurgerade über den Fairway schlagen, blitzschnell die Rechnung addieren und ihre üblichen zwölf Prozent Trinkgeld hinzufügen, was Maggie nahezu um den Verstand brachte. Sie konnten fehlerfrei Auto fahren, witzige alte Liedchen und Gedichte rezitieren, verschluckten nie auch nur eine Silbe und zeigten auch sonst nicht die geringste Spur eines irgendwie unschicklichen Verhaltens. Sie waren perfekte Trinker, anders als beispielsweise die Kennedys. Nie merkte man ihnen etwas an, nur ihren Nasen.

Die Nasen der Welles' wurden mit den Jahren einfach rot und unförmig. Es ließ sich genau verfolgen: Die Rötung setzte irgendwann Mitte der Zwanzig ein, ein paar Jahre, nachdem Adams und sie geheiratet hatten. Anfang der Dreißiger platzten die ersten kleinen Äderchen, üblicherweise vor allem auf der linken Nasenseite. Dann kamen die Beulen, zunächst klein wie Blasen, und wurden immer größer, bis Mitte der Fünfzig von der ursprünglich so aristokratischen Nase nichts geblieben war. Statt dessen gab es da diesen zerbeulten roten Höcker, der mitten im Gesicht ein Eigenleben entwickelt hatte. Fast konnte man sagen, dass die Nasen der männlichen Welles' oft mehr Persönlichkeit ausstrahlten als alles andere an ihnen. Die weiblichen Welles kamen glimpflicher davon. Ihre Nasen wurden zwar auch rot, aber nicht ganz so verunstaltet, und natürlich ließ sich mit Make-up einiges kaschieren.

Maggie hatte diese Nasen in den dreißig Jahren ihrer Ehe beobachtet, und für sie entbehrte es nicht der Ironie, dass sie sich erst jetzt so richtig über sie amüsieren konnte. Schließlich war sie die Irin. Adams Welles hatte unter seinen Verhältnissen geheiratet, als er sich für Maggie Flaherty entschied, die aus einer rein irischen Gegend Bostons stammte, Charlestown. Weniger als zwei Meilen lagen zwischen Charlestown und Beacon Hill, Cambridge, und trotzdem trennten sie Welten. Ihre Mutter war Hausmeisterin im Porcellian gewesen, dem allervornehmsten der vornehmen Harvard-Clubs. Einmal war Maggie von ihrer Mutter gebeten worden, bei einem Dinner als Serviererin auszuhelfen. Sie musste ein schwarzes Kleid und ein gestärktes weißes Schürzchen tragen, sträubte sich aber erfolgreich gegen das kleine weiße Häubchen. Sie war wunderschön. Mit tizianroten Haaren und grünen Mandelaugen wie so viele ihrer Verwandten aus dem County Clare. Sie studierte im zweiten Jahre am Regis, einem katholischen Mädchen-College im Großraum Boston. Ein St. Anthony's-Stipendium und eine Studienbeihilfe ihrer Kirchengemeinde deckte die Kosten für Ausbildung und Bücher, ganz zu schweigen von den Zwanzig-Dollarnoten, die ihr Monsignor John häufig zusteckte. Sie wohnte noch immer zu Hause. Aber nicht wegen des Geldes. Sie war das einzige Kind ihrer Eltern, und sie hätten es nicht gemocht, wenn sie in ein Studentenwohnheim gezogen wäre.

An jenem Abend im Porcellian Club hatten vier junge Männer mit ihr ausgehen wollen. Aber sie verabredete sich nur mit Adams. Er war nicht betrunken, obwohl sie sein Glas mehrfach nachgefüllt hatte und ihm nach dem Essen weitere Brandies eingoss. Er war auch der netteste. Das erkannte sie sofort. Aber nicht sonderlich intelligent. Das erkannte sie erst später. Zu ihrer Überraschung. Wie selbstverständlich hatte sie alle Harvard-Studenten für gescheit gehalten. Aber bald stellte sie fest, dass das nicht immer der Fall war, vor allem, wenn die jungen Männer aus sehr alten und sehr reichen Familien stammten, die sich mit Zuwendungen für Harvard nicht lumpen ließen.

Nach Generationen von Ehen zwischen Cousins und Cousinen und dem Ausruhen auf den Lorbeeren ihrer Ahnen konnte die Familie Welles auf wenig mehr verweisen als auf ihre noble Abstammung und die Großzügigkeit gegenüber Harvard. Im Laufe etlicher Jahrzehnte wurden die Spenden systematisch dazu eingesetzt, auch weniger fähigen Welles-Köpfen ein Harvard-Studium zu ermöglichen. Ihr eigener Sohn Adams Welles, der fünfte seines Namens, hatte das Grundstudium mit Ach und Krach geschafft und den guten Rat erhalten, sich die Mühe einer Bewerbung für die Fachrichtung Wirtschaft zu ersparen. Zweifelsohne hatte das Trinken seine Spuren in der Familie hinterlassen, auch wenn sie sich davon auf gesellschaftlichem Parkett nur selten etwas anmerken ließen. Aber ihnen fehlte einfach die Geistesschärfe, der Einfallsreichtum ihrer Vorfahren, die genügend Weitblick besaßen, erstklassige Immobilien zu kaufen, bevor sie erstklassig waren, die sich ihren Platz auf dem Wollmarkt sicherten oder auch im Opiumhandel mit China. Es hatte eine Zeit gegeben, in der die Welles Drogen nicht konsumierten, sondern verkauften. Damals waren ihre Nasen nicht rot geworden. Vieles vom ursprünglichen Reichtum der Welles stammte in der Tat aus dem Opiumhandel wie bei etlichen anderen prominenten Familien in New England. Aber in den letzten fünfundsiebzig Jahren hatten eine kümmerliche Finanzplanung in Tateinheit mit riskanten Immobilienspekulationen und anderen fehlgeschlagenen Projekten die Schatztruhen der Welles' geplündert.

In letzter Zeit dachte Maggie häufig über die Welles-Nasen nach. Mit einer statistischen oder mathematischen Begabung hätte sie das Anschwellen der Nasen in Korrelation zum Penis mit Sicherheit registriert. Konvergente Pathologien – nannte man das nicht so? Den letzten sexuellen Verkehr mit ihrem nasenmäßig geschwollenen Mann hatte sie mit sechsundvierzig. In den Folgejahren kam es noch vereinzelt und sporadisch zu diesbezüglichen Versuchen, aber in Adams' letzten beiden Lebensjahren zu gar keinen mehr. Mit neunundfünfzig war er gestorben, in jeder Bedeutung des Wortes erschlafft. Jetzt war Maggie einundsechzig Jahre alt.

»Möchten Sie nicht ein wenig ins Freie, Mistress Welles? Es ist ein so schöner, sonniger Tag. Ich werde Sie hinausbringen. Miss Roberts kommt erst in einer halben Stunde. Sie kann dann draußen mit Ihnen arbeiten.«

Maggie sah Suzy an, die tägliche Hilfe. Suzy war eine erstaunliche Person. Sie war blond und schlank, wirkte zerbrechlich, konnte aber enorme Kräfte entwickeln. Suzy war es, die ihr morgens beim Aufstehen half, sie wusch und anzog. Ihre Lippen öffneten sich, um etwas zu sagen, aber die gläserne Wand ging wieder vor ihr hoch. Nein, sie würde nichts auf den Block schreiben. Schon der Griff danach würde sie erschöpfen. Und dann die Formulierung so vieler Überlegungen. Warum waren derart viele Informationen nötig, wo doch nur ein einfaches Ja oder Nein reichen sollte? Wäre sie zum Sprechen fähig gewesen, hätte sie eingewandt, dass es draußen für die Sprachtherapie zu laut war. Und zu windig für die Kerzen-Übung, bei der es darum ging, so lange gegen eine Flamme zu blasen, bis sie erlosch.

Das waren die beiden praktischen Gründe, weshalb sie nicht in den Garten wollte. Der dritte bestand darin, dass sie es einfach nicht ertrug, bei der Gestaltung eines ungewöhnlich schönen Gartens zusehen zu müssen, während ihr eigener dahinsiechte wie ein Kranker. Allerdings hatte er das Gebrechlichkeitsstadium längst hinter sich gelassen. Er war ein Leichnam, definitiv tot, aber noch nicht ganz fossiliert. Während des ganzen Sommers vor ihrem Schlaganfall war es sehr trocken gewesen. Schon das hatte negative Folgen gehabt, aber das eigentliche Problem bestand in den absurden testamentarischen Verfügungen, die Adams für die Gartenpflege getroffen hatte. Mit fünfzehnhundert Dollar jährlich konnte man kaum mehr tun als den Rasen mähen und düngen. Nein, sie musste sich dazu zwingen, nicht weiter darüber nachzudenken. Sonst machte es sie noch verrückt.

Statt dessen sollte sie sich lieber darauf konzentrieren, ihre Gedanken in Worte zu fassen. Sie musste die gläserne Wand durchbrechen. Was hatte Miss Roberts gesagt? »Formulieren Sie den Gedanken.« Einen einzigen Gedanken. Und da ihre Lese- und Schreibfähigkeiten intakt geblieben waren, konnte sie sich das Wort orthographisch vorstellen. »Llllll …« Unbeweglich lag ihre Zunge in ihrem Mund. Es war, als wollte sie den zähesten, klebrigsten Teig der Welt rühren. Sie drückte die Zunge gegen den Obergaumen, ließ sie wieder fallen und öffnete leicht den Mund. »Fühlen Sie, wie die Luft eindringt«, hatte Miss Roberts gesagt. »Lärm«, sagte Maggie. Ein einziges Wort. Doch sobald der Gedanke formuliert, sobald das Wort einmal ausgesprochen war, fiel ihr alles Weitere vergleichsweise leicht. Die Worte kamen noch immer sehr langsam und klangen sehr tief, aber sie konnte sprechen.

»Lärm?«, wiederholte Suzy.

»Ja, draußen ist es zu laut. Wegen der Arbeiten nebenan, wissen Sie.«

»Oh, mit den lautesten Maschinen sind sie fertig. Jetzt verteilen sie nur noch gleichmäßig Erde auf dem Gelände und verlegen Wegplatten. Außerdem heben sie offenbar einen kleinen Teich aus.«

»H … h … hier gab es auch einen Teich. Er ist undicht geworden.« Sie musste kichern, und die Zunge glitt ihr aus dem Mund. Schnell zog sie sie wieder ein, genau wie Miss Roberts gesagt hatte. Einmal musste sie so heftig lachen, dass sie sich sehr schmerzhaft auf die Zunge gebissen hatte. Das Kichern war ihr gekommen, weil ihr ein Scherz eingefallen war. »Undicht geworden wie mein Kopf«, hatte sie sagen wollen. Maggie fielen immer wieder kleine makabre Witze über ihren Kopf und das ein, was passiert war.

In einer Augustnacht vor acht Monaten hatte sich etwas Seltsames in Maggies Kopf abgespielt. Sie hielt es für eine Art Hirn-Drama, aber die Ärzte fanden den einmalig hässlichen Begriff »hämorrhagischer Infarkt in der rechten Hirnhälfte« dafür. »Furz im Gehirn«, war Maggies erster Witz über ihren Hirnschlag gewesen. Ihre Kinder begriffen ihn nicht. Für sie war es ganz und gar kein Witz, sondern ein Hinweis darauf, dass sich sehr viel Schlimmeres ereignet hatte als eine Gehirnblutung. »Die meisten Leute sprechen undeutlich«, meinte ihre Tochter Ceil. »Mutter auch, und dann noch unanständig.« Die Ärzte hatten ihnen gesagt, dass es als Folge von Schlaganfällen zu Persönlichkeitsveränderungen kommen könne. Die Kinder blickten verständnislos. Als Persönlichkeiten, die irgendwo zwischen abweisend und gleichgültig rangierten, wussten sie mit dieser Information nicht viel anzufangen. Schon immer war ihre Mutter ein bisschen anders gewesen als sie, was sich nun offensichtlich noch steigern würde. Sie konnten nur hoffen, dass es nicht allzu peinlich würde.

DRITTES KAPITEL

Geräusche hinter der Mauer

Auch ein Sämling in einem kleinen Blumentopf wächst zu einer magischen Bohnenranke heran, die wir erklimmen können, um ein Tor zu einer anderen Sicht dieser Welt zu öffnen.

RUSSELL PAGE The Education of a Gardener

Befremdlich qualvolle Laute erschollen hinter der Mauer. Tristan schreckte hoch. Er lag auf den Knien und hatte gerade eine Probe des neuplanierten Bodens genommen. Wieder dieses Geräusch. Von einem Tier oder einem Menschen verursacht? Er war sich nicht sicher. Inzwischen befand er sich allein im Garten. Peter, Roger und Luigis Mannen wollten sich am Harvard Square mit Sandwiches versorgen. Tristan war bewusst zurückgeblieben, denn gestern hatte er sich ein Sandwich holen wollen und war prompt einem Pantomimen in die Hände gefallen. Er hatte für Straßenunterhalter ohnehin nicht besonders viel übrig, aber Pantomimen verabscheute er geradezu. Ihre übertriebenen Gesten, die Choreographie ihrer weißbehandschuhten Hände stießen ihn ab. Er empfand ihnen gegenüber stets den Drang »Halt die Klappe!« zu schreien, aber genau das taten sie ja bereits. Und so hatte er gestern nur »Kratz die Kurve!« gemurmelt. Er konnte sich vorstellen, dass so etwas am Harvard Square als todesstrafenwürdiges Verbrechen betrachtet wurde.

Doch das da hinter der Gartenmauer war keine Pantomime. Er hatte eindeutig Geräusche gehört, irgendeine menschliche oder tierische Stimme. War das ein Schrei gewesen, oder hatte jemand versucht, Worte zu formen? Das Geräusch hatte seltsam körperlos geklungen – wie Wind in den Dachtraufen eines Hauses. Aber es war ein windstiller Apriltag. Tristan stand auf, lief zu einem Spalt in der Mauer und spähte hindurch. Er hielt den Atem an. Eine Art Schleier schien über dem Garten zu liegen: Alles wirkte verblichen – grau oder fahlbraun. Büsche und Sträucher schienen in winterlichem Trübsinn dahinzuvegetieren. Sich selbst überlassene Kletterrosen krochen mit ihren Trieben über den Boden. Peter hatte einige der Kletterpflanzen gekappt, die auf die Steinsche Seite herübergerankt waren. Jetzt sah Tristan, dass keine von ihnen Blätter oder Knospen trug.

Die Bäume des Gartens wurden von Efeu-, Immergrün- und Weinranken erstürmt. Und es war nicht zu übersehen, dass der Mauerpfeffer, *Sedum acre,* binnen Kurzem jeden Quadratzentimeter Boden überzogen haben würde. Ein paar Päonien leisteten tapfer Widerstand, würden im Juni jedoch zum letzten Mal blühen, wenn dem Mauerpfeffer nicht Einhalt geboten wurde.

»Verheerend wie General Shermans Marsch«, murmelte Tristan vor sich hin. Und tatsächlich kam es ihm so vor, als blicke er auf eine Ruine, eine unsagbar geheimnisvolle Ruine. Einen verwunschenen Garten von seltsamem, undefinierbarem Zauber. Unempfindlich gegenüber der beleidigenden Vernachlässigung streckten alte Bäume, eine Blutbuche, norwegischer und japanischer Ahorn, eine alte Rosskastanie, ihre Äste über das, was einst der Mittelpunkt des Gartens gewesen sein musste; sie berührten einander wie lange vermisste Freunde. Und Tristan hätte wetten können, dass dieser Mittelpunkt nie ein makellos kurzgehaltener, gedüngter und unkrautfreier Rasen gewesen war. Nein. Wahrscheinlich hatte es gewundene Kiespfade unter den sich elegant neigenden Zweigen der alten Bäume gegeben. Vielleicht auch Inselbeete mit Schmuckgräsern. Die ungemein dichte und verwahrloste Vegetation verhinderte, dass man mitten in den Garten hineinblicken konnte. Eine Vielfalt von Pflanzen hatte in einem wahren Amoklauf ein schier unentwirrbares Durcheinander geschaffen: Berberitzen, Geißblatt, Brombeeren, Jelängerjelieber und Unkräuter.

Es war ein großer Garten, und hinten in einer Ecke standen gewaltige, graurindige Bäume so hehr und unnahbar wie Druiden aus nebelhafter Vergangenheit. Tristan stellte sich Dreiblatt und Blue Bells zu ihren Füßen vor und dichte Teppiche von Moos. Und ja, vielleicht eine moosüberzogene Steinbank. Seit wann ist das da drüben so, fragte er sich. Dann hörte er wieder das merkwürdige Geräusch und blickte in die Richtung.

Auf der Terrasse, im Schatten einer Blutbuche, saß eine Frau zusammengesunken in einem Rollstuhl. Sie trug eine Sonnenbrille und war in ein Plaid gehüllt. Eine andere Frau in einer Tracht kam mit einem Tablett und einer Kerze auf die Terrasse geeilt.

Erleichtert nahm Tristan zur Kenntnis, dass sich jemand um die Frau im Rollstuhl zu kümmern schien und sie sich in keiner akuten Notlage befand. Dennoch staunte er über das Tablett mit der Kerze. Fand da drüben irgendein Ritual statt?

Maggie reagierte gereizt, als sie Miss Roberts aus dem Haus kommen sah. Warum war sie so pünktlich? Und warum trug sie diese Tracht? Sie nahm sich vor, sie zu fragen. Sie versuchte, die Worte zu formen, aber sie kamen nur gurgelnd und unverständlich heraus. Seufzend versuchte sie es noch einmal. Normalerweise verspätete sich Miss Roberts ein wenig und gab ihr damit Gelegenheit, länger durch den Spalt in der Mauer zu spähen. Suzy hatte recht gehabt. Bis auf das gelegentliche Aufröhren eines Baggers war der Lärm der großen Maschinen verstummt, und was sie in weniger als sieben Tagen geschaffen hatten, war in Maggies Augen mehr als ein Wunder. Diese Landschaftsgestalter hatten Gott übertroffen. Die abscheuliche alte Plattform aus Redwood mit der grotesken Laube gab es nicht mehr. Der zu beiden Seiten von unsagbar einfallslosen Staudenrabatten flankierte Rasen war verschwunden, der nie besonders ansehnliche Steingarten eingeebnet. Eine ganz neue Welt war entstanden. Von ihrer Terrasse aus konnte Maggie einiges davon erkennen. Es gab eine vertieft angelegte Fläche, zu der ein langer, wundervoller Plattenweg führte, der gerade verlegt wurde. Zu beiden Seiten dieses langen Weges markierten an Stöcken befestigte Schnüre die Umrisse kleiner »Gartenräume«. Hinter dem Senkgarten schien eine Steingartenlandschaft zu entstehen, wie sie anhand der herrlichen Felsbrocken zu erkennen glaubte. Vor wenigen Tagen hatte sie gesehen, wie der Mann mit dem blauen Hemd und den silbergrauen Haaren Anweisungen für ihre Anordnung gab. Sie sah ihm gern zu. Er wirkte wie ein Dirigent, der ein Orchester durch das Adagio einer Symphonie führte. Seine hochgewachsene, schlanke Gestalt hatte sich ein wenig geneigt, und die Bewegungen seiner Arme waren fast anmutig gewesen, als er das Abladen der Findlinge dirigierte. Sie hoffte, dass er heute weitere Felsbrocken an Ort und Stelle brachte. Sie würde Suzy bitten, ihren Stuhl in eine Position zu schieben, von der aus sie günstiger beobachten konnte.

»Hello, Mistress Welles.«

»W … w … warum kommen Sie so früh, und warum tragen Sie diese Tracht?«

»Gut machen Sie das, Mistress Welles.«

»Beantworten Sie meine Fragen!«, fauchte Maggie.

Miss Roberts lächelte. »Nachher muss ich gleich ins Mass General Hospital, deshalb. Dort wird von mir erwartet, dass ich eine Uniform trage, wenn ich mit Patienten arbeite.«

Maggie nickte.

»Lassen Sie uns die Kerze anzünden, solange es noch windstill ist«, sagte Miss Roberts.

»Gewiss.« Maggie sprach das Wort so deutlich aus, dass es die Kerzenflamme vermutlich ins Flackern gebracht hätte. Wieder lächelte Miss Roberts. Ihre Patientin gab sich inzwischen sehr viel mehr Mühe. In der letzten Woche hatte sie bemerkenswerte Fortschritte gemacht. Zunächst war Miss Roberts skeptisch gewesen, ob sie mit ihr im Garten arbeiten sollte. Im Freien gab es zu viele Ablenkungen, und bedachte man das Getöse im Nachbargarten, hatten sich ihre Bedenken ja auch als berechtigt erwiesen. Sie riss ein Streichholz an. »Wollen wir anfangen?«

Maggie beugte sich vor.

»Nicht zu nahe. Sie könnten sich verbrennen.«

»Ist es nicht perfekt, wie der Bär den Honig schleckt …?«

»Gut, Mistress Welles, sehr gut. Und jetzt versuchen Sie, ob Sie die Flamme nicht wirklich zum Erlöschen bringen können.«

»Summ, summ, summ, ich frage mich, warum.«

Gebannt verfolgte Tristan Mallory die Szene durch den Spalt in der Mauer. Einige Rosenranken hatten sich durch die Lücke geschoben. Er zog eine kleine Gartenschere aus der Hosentasche und schnitt sie ab. Dann ging er in die Hocke und kappte auch am Fuße der Mauer weitere Ranken. Nun war sein Blick freier. Er blieb in der Hocke und beobachtete weiter. Er wünschte, die Frau würde ihre Sonnenbrille abnehmen. Er hätte gern ihr Gesicht gesehen. Schlaff hing ihr linker Arm über die Lehne des Rollstuhls, und ihre nachlässig hochgesteckten Haare machten den Eindruck eines aufgegebenen Vogelnestes. Dennoch strahlte sie so etwas wie Eleganz aus.

Etwas Blaues füllte einen großen Teil der Mauerlücke aus. Wollte der Mann im blauen Hemd etwa die Mauer reparieren? Maggie hoffte nicht. Jahrelang hatte sie über den Zustand der Mauer geklagt, aber jetzt freute sie sich geradezu über die Sicht, die der Spalt ihr bot. Genau wie sie lernte, ihre Gedanken zu formulieren, um sie in Worten auszudrücken, ließ die Mauerlücke sie kleine Teile einer neuen Welt jenseits des Gartens erfassen. Sie brauchte nicht den gesamten Anblick. Panoramen interessierten Maggie nicht mehr. Es waren die kleinen Dinge, die schmalen Streifen der Wirklichkeit, die sie nun am faszinierendsten fand. Der Rest enttäuschte doch nur. Aber von einer Reparatur der Mauer war die Rede gewesen. Offenbar hatten sich ihre

Tochter Ceil und ihr Sohn Adams gestern abend mit den Steins getroffen, um darüber zu sprechen. Was gab es da groß zu bereden? Eine Reparatur kostete Geld. Sie würde den gesamten Jahresetat für den Garten verschlingen. Sie bezweifelte, dass sich ihre Kinder finanziell an den Maurerarbeiten beteiligen würden. Es machte ihr nichts aus. Sie sah, dass sich das Blau im Spalt nach oben bewegte, dann ein Hosenbein.

»Haben Sie an ein neues Buch gedacht, Mistress Welles? Sie meinten, *Puh der Bär* würde langsam langweilig. Sie wollten mir etwas Spannenderes vorlesen.«

»J … j … ja, in der F … f … falttasche hinten am Rollstuhl.«

»Wissen Sie eigentlich, dass Elsie Lavin, Ihre Physiotherapeutin, ein bisschen neidisch auf mich ist, Mistress Welles?«

»W … w. … warum denn das?«

»Nun, hören Sie doch selbst, wie gut Ihre Zunge mit den schwierigen Konsonanten fertig wird. Deshalb ist sie neidisch. Sie meint, Sie könnten sich auch mit dem Laufen ein bisschen mehr Mühe geben.«

»Sp … sprechen, Laufen – immer eins n … nach dem anderen.«

»Wollen Sie sich nicht endlich wieder ein wenig bewegen? Sie könnten mit einem Laufgerät anfangen, dann einen Stock benutzen.«

»Und wo soll ich sp … spazierengehen?«

»Wo würden Sie denn gern?«

»Die Wege in meinem Garten sind ka … katastrophal. Ich würde st … stürzen und mir die Beine brechen.«

Tristan konnte jedes Wort der Frau hören. Die Worte klangen, als hätte sie etwas Klebriges im Mund. Ihre Zunge schien zu schwer zum Formulieren der Sätze zu sein, aber er konnte sie verstehen und seine Vermutung war richtig gewesen: Im Garten hatte es Wege gegeben.

»Sie haben sich für ein Buch über Wildblumen entschieden. Wie interessant.« Aber sie fand es ganz und gar nicht interessant. Das entging weder Maggie noch Tristan.

Maggie beugte sich näher über die Kerzenflamme. »Das Buch ist ungemein ssssexy.« Die Flamme erlosch.

»Meine Güte, Mistress Welles. Sie haben die Kerze tatsächlich ausgeblasen. Ich weiß nicht recht – ein sexy Wildblumenbuch?«

Jetzt fühlte sich Tristan Mallory eindeutig wie ein Spanner. Er schob sich noch dichter an die Mauerlücke.

»Alle wilden Blumen sind sssexy«, erklärte Maggie. Miss Roberts schlug das Buch auf.

Vor ihrem Schlaganfall war Maggie Linkshänderin gewesen. Normalerweise wird das Sprachzentrum bei einem Schlaganfall im rechten Gehirnbereich nicht beeinträchtigt, aber bei Linkshändern ist das anders – so hatte es wenigstens Maggies Neurologe gewissenhaft erklärt. Und so war es für sie völlig klar, sie war eine Verliererin auf allen Ebenen: Sie hatte ihre beste Hand und ihre einzige Zunge verloren.

Und so hob Maggie mühsam ihren linken Arm mit der rechten Hand und ließ ihn auf das geöffnete Buch klatschen wie eine Fischverkäuferin einen Lachs auf die Waage. »Zu etwas taugt er immerhin noch«, sagte sie, »als Briefbeschwerer.« Tristan lächelte. Eigentümlich, wieviel vom Charakter der Frau auch noch in ihrem hinfälligen Zustand sichtbar wurde. Mit der rechten Hand blätterte sie um, bis sie zur gewünschten Seite kam. Dann begann sie laut zu lesen: »Blutwurz. Der Wurzelstock enthält einen orangeroten Saft. Blätter grundständig, langgestielt, herz- oder nierenförmig, buchtig eingeschnitten. Blüte weiß. Buschwindröschen oder Waldanemone. Blätter langgestielt, dreiteilig und fiederförmig eingebuchtet. Blüte einzelstehend, weiß, rosa- oder purpurfarben.« Maggie las noch einige Minuten weiter, dann verstummte sie. Ihre Aussprache war erstaunlich deutlich geworden. Die Zunge schien ihr nicht mehr schwer und unbeweglich am Gaumen zu kleben. »Wissen Sie, was allen diesen Blumen über die Farbe hinaus gemein ist, Miss Roberts?«

»Nein. Was?« Und diesmal wirkte Miss Roberts aufrichtig interessiert.

»Sie werden durch Nachtinsekten bestäubt. Deshalb sind sie weiß und duften so süß.«

Mit der gesunden Hand nahm Maggie die Sonnenbrille ab. Eine Augenklappe bedeckte ihr linkes Auge. Sie hatte hohe, ausgeprägte Wangenknochen, und ihr rechtes Auge war mandelförmig und jadegrün. Ein leichter Wind hatte sich erhoben. Er wehte die lockeren Haarsträhnen um ihren Kopf wie kleine, blassrote Flammen.

Tristan verspürte einen innerlichen Ruck. Sie hatte so eine gewisse Ausstrahlung – die Ausstrahlung eines sinnlichen, eines wilden Wesens.

VIERTES KAPITEL

Martinis

Herkömmlicherweise nähert man sich dem Moos-Tempel über einen Pfad, der durch eine Reihe sorgsam gestalteter Übergangszonen von einer ›spirituellen‹ Welt in die nächste führt … Man verlässt die profane Welt wartender Taxis, Teehäuser, Kleinkramläden und Tintenfischverkäufer.

JULIE MOIR MESSERVY Contemplative Gardens

Adams mixte einen Martini genauso anmutig wie sein Vater, stellte Maggie fest. Keiner von ihnen war sonderlich geschickt. Wenn sie eine Glühbirne einschrauben sollten, fiel sie ihnen mit Sicherheit aus den Fingern und zerbrach. Das Golfspiel bewältigten sie trotz ihrer Unbeholfenheit gerade noch. Einen Tennisplatz brauchten sie gar nicht erst zu betreten. Obwohl sie gern segelten, wurden sie an Bord mit ihren riesigen Füßen und ihrer Ungeschicklichkeit zu wahren Katastrophen. Tanzte man mit ihnen, musste man gewiss sein, dass sie einem selbst bei einem Slow Fox auf die Zehen traten. Aber Martinis! Nun, nicht jeder hatte die Grazie und Gewandtheit eines Barischnikow!

»Bitte, Mutter. Nicht gerade das, was der Arzt verschrieben hat, oder?«

»Gegen ein Glas vor dem Dinner hat er nichts einzuwenden.« Sie sprach langsam, aber klar verständlich.

Die Kinder waren begeistert über ihre Fortschritte. Sie hatten mit den Ärzten und Therapeuten gesprochen. Wenn es ihnen doch nur gelingen würde, sie dazu zu ermutigen, den Rollstuhl zu verlassen.

»Und auch nichts gegen ein Glas Wein zum Essen, hat er gesagt, Mom«, meldete sich Ceil.

»Ich habe nach Martinis noch nie gern mit Wein nachgespült.«

Ceil lächelte ein verspanntes kleines Lächeln. »Nun, ich bleibe beim Lillet. Aperitifs genügen mir völlig.«

Sie lügt wie gedruckt, dachte Maggie. Sie wusste, dass Ceil in die Speisekammer ging und ihre unschuldig klingenden Aperitifs mit Wodka anreicherte. Es hatte eine Zeit gegeben, vor ihrem Schlaganfall, als das ein Grund zur Beunruhigung für sie gewesen war. Eine Alkoholikerin zu sein, war eine Sache, aber eine verkappte Alkoholikerin eine ganz andere. Wenn Ceil sie beschwindelte, dann belog sie auch ihren Mann. Und das war nicht gut. Doch inzwischen beunruhigte es sie eigentlich nicht mehr. Wie wäre das möglich, da die Äußerung jeden einzelnen Wortes ihr soviel gedankliche Konzentration abverlangte, selbst die simpelste körperliche Verrichtung? Jetzt zog sie ihren linken Arm mit der rechten Hand hoch. Sie umfasste ihre Drinks gern mit beiden Händen. Währenddessen stand Adams vor ihr und wartete darauf, ihr den Martini reichen zu können. Als es geschafft war und sie sich gesetzt hatten, räusperte sich Adams.

»Nun, Mom, wir haben unsere neuen Nachbarn kennengelernt.«

»Und w … wie sind sie so?«

»Sehr nett …«

»Ein bisschen protzig vielleicht«, mischte sich Ceil ein.

»In welcher Hinsicht?« fragte Maggie.

»Nun, weißt du, eben …« Irgendwie gequält verstummte sie und trank erst einmal einen großen Schluck Lillet. »Er trug einen Brillie.«

»Einen B … brillie?« Irgend etwas rastete in ihrem Kopf nicht richtig ein, aber das hatte nichts mit der rechten Hirnhälfte oder einem Infarkt zu tun. »Brillie« hörte sich an wie etwas, das für Tussie Mussies angepflanzt wurde, die altmodischen viktorianischen Blumensträuße. Als junges Mädchen hatte Maggie im Sommer oft ihre Großmutter in Irland besucht, die einen wundervollen Cottagegarten besaß. Und Nan, wie sie sie nannte, hatte ihr von den Tussie-Mussie-Blumen erzählt.

»Du weißt doch, Mom, diese Ringe, die manche Männer am kleinen Finger tragen. Seiner war mit Diamanten besetzt.«

»Oh.« Mehr fiel ihr dazu nicht ein. Warum sollte sie sich dafür interessieren, ob jemand einen Brillie trug oder nicht? Allerdings könnte er damit seine Frau beim Beischlaf verletzen, wenn er ihn auch nachts trug. »Verletzt er seine Frau?«, erkundigte sie sich.

»Was?«, fragten Ceil und Adams wie aus einem Mund. Seit ihrem Schlaganfall gab ihre Mutter häufig derart leicht abwegige Schoten von sich. Wenigstens betrifft es diesmal weder Sexuelles noch irgendwelche Körperfunktionen, dachten beide.

»Nein, Mom.« Adams klatschte so energisch in die Hände, als müssten sie im Lee halsen, um dem Gespräch eine andere Richtung zu geben. Er war fest entschlossen, mögliche Abschweifungen schon im Keim zu ersticken. Mitunter brachte ihre Mutter so verdammt komische Sachen hervor, dass sie alle lachen mussten, aber möglicherweise rutschte ihr dabei die Zunge aus dem Mund, sie könnte sich daraufbeißen, und dann würde Blut in den Martini tropfen. »Bill Stein scheint ein toller Bursche zu sein. Er ist Investmentbanker und hat Geld, viel Geld! Sie haben sich diesen renommierten Gartenarchitekten aus New Hampshire geholt. Der hat jede Menge großer Gärten gestaltet und auch schon für die Rockefellers und ihresgleichen gearbeitet. Wie auch immer – sie scheinen sich Sorgen über die Mauer zu machen. Und, ja nun, Ceil und ich sind der Meinung …« Er sah zu seiner Schwester hinüber, und beide blickten ihre Mutter so stolz an wie Kinder, die ein gutes Zeugnis nach Hause gebracht haben. »Also Ceil und ich meinen, auch wenn die Sache die Summe übersteigen wird, die Dad in seinem Testament für Gartenausgaben festgelegt hat …«

»Ganz gleich, was es kostet … Bin gleich wieder da,

ich muss nur mal schnell in die Küche.« Mit dem Glas in der Hand sprang Ceil auf. Maggie dachte flüchtig darüber nach, ob sie das Vorhaben ihrer Tochter mit der Bemerkung vereiteln solle: »Oh, lass doch dein Glas hier.« Aber es war nicht einfach, mit einer so schweren Zunge so leichthin zu sprechen.

»Ceil und ich glauben, dass es dich freuen wird, wenn wir dir sagen, dass wir das Geld für die Reparatur auf unserer Seite der Mauer aufbringen wollen.«

Maggie empfand so etwas wie Enttäuschung. »W … w … w … w …« Besorgt beugte sich Adams vor. Konzentriere dich, befahl sich Maggie. Es geht um die Mauerlücke, durch die der Mann zu sehen war – der Mann mit dem blauen Hemd und den silbergrauen Haaren, der die Symphonie der Findlinge dirigiert. »Wird der Spalt in der Mauer geschlossen?«

»Welchen Spalt meinst du? Davon gibt es einige, aber ich gehe davon aus. Schließlich sind wir bereit, fünfhundert Dollar zu zahlen.«

Erleichtert holte Maggie Luft. Ihre lieben, törichten Kinder. Sie glaubten, eine Mauer mit fünfhundert Dollar instand setzen zu können. Mit fünfhundert Dollar waren vermutlich gerade einmal die Wasserschäden am Fundament zu beseitigen und die Standfestigkeit zu verbessern. Wahrscheinlich würden sie niemals bis zu der Lücke kommen. Ceil kehrte mit ihrem aufgemöbelten Drink zurück. Der Pegel im Glas war in etwa der gleiche, aber die Farbe eine Spur blasser.

»Freut dich das denn nicht, Mom?« Ceil setzte sich in den Ohrensessel, schleuderte die Schuhe von den Füßen und zog sie unter sich auf den Sessel. Sie strahlte eine ruhige Heiterkeit aus – die Jovialität einer Alkoholikerin mit einem gefüllten Glas.

»O ja, natürlich.« Aber Maggies Gedanken waren nicht mehr im Garten. Sie betrachtete die Nase ihrer Tochter. Sie sah rot aus, gab es da bereits Bläschen? Die Nase wirkte leicht geriffelt. Die Frauen bekamen die Beulen nicht. Maggie nahm sich vor, Ceils Cousine einzuladen. Posey war fast genauso alt wie Ceil. Sie wollte ihre Nasen vergleichen.

Die Kinder hatten sich einem anderen Thema zugewandt und redeten über Gehhilfen. »Elsie Lavin ist der Meinung, dass du dir nicht genug Mühe gibst. Sie meint, du müsstest inzwischen versuchen, dich mit dem Laufgerät zu bewegen. Und dass du zum Ende des Sommers nur noch einen Stock brauchst, wenn du dich jetzt anstrengst«, sagte Ceil. Dann schlug Adams in die gleiche Kerbe, und beide fungierten wie ein echtes Cheerleader- und Anfeuerungs-Team. »Du schaffst es! Wir wissen doch, wieviel Energie noch in dir steckt! Du musst dich nur richtig reinhängen.«

Wann hatten sie sich eigentlich in irgend etwas reingehängt? Himmel, mitunter konnten Kinder wirklich nerven. »Wie ist es, Mom? Wie wäre es, wenn du dich reinkniest wie – ein besserer Vergleich fällt mir gerade nicht ein – in eine Collegeprüfung?« Adams hatte das

Harvard-Grundstudium gerade so bewältigt und Ceil die Boston University nach dem ersten Semester wieder verlassen. Sie, Maggie, war die einzige der Familie, die ihr Studium mit einem akademischen Grad abgeschlossen hatte, mit Summa cum laude. Und sie wollten ihr Vorschriften machen?

»Maggie und ihr irisches Kämpferherz!«, dröhnte Adams. Unglaublich, jetzt spielten sie auch noch auf ihr Studium an der Notre Dame an. Plötzlich fühlte sie sich unendlich müde. Sie wandte sich Ceil zu und sagte trotz ihrer Erschöpfung klar und deutlich: »Geh, pudere dir die Nase. Und lass dein Glas hier.« Mit der rechten Hand schob sie sich die Augenklappe zurecht.

Reglos lag Tristan Mallory auf seinem Bett im Gäste-Cottage. Das war als eine der ersten Umbaumaßnahmen an die Garage angefügt worden, als die Steins das Haus vor zwei Jahren gekauft hatten. Die Umbaumaßnahmen waren so umfangreich, dass sie erst drei Monate zuvor, nach Abschluss der zweiten Stufe, eingezogen waren. Die Gartengestaltung war Stufe drei. Sie wollten ihre »Chefdesigner«, wie Bill Stein den Architekten und Tristan nannte, während der entscheidenden Phasen in der Nähe haben. So hatten sie es bei der Um- oder Neugestaltung ihrer zahllosen Domizile, zu denen Wohnungen in New York und London, ein Ferienhaus auf Nantucket und ein weiteres in Aspen gehörten, stets gehalten. »Ein Ein- und Ausschweben auf die Schnelle kommt nicht in Frage. So etwas führt nur zu Missverständnissen.« Es war ein optimal ausgestattetes Gäste-Cottage. Mit allem, was man sich wünschen konnte, einschließlich eines Kühlschranks voller appetitlicher Happen und einer gutausgestatteten Bar. Fernsehapparat, Stereoanlage, Whirlpool. Geschmackvolle Bilder an den Wänden und ein Regal voller guter Kriminalromane.

Dezent hatte Bill Stein darauf hingewiesen, dass Tristan sich jederzeit Besucher einladen könne. Ihm gehe es vorrangig darum, dass sich Tristan rundum wohl fühle, denn nur so käme es zu guten Leistungen. Es hatte Tristan überrascht, Stein so reden zu hören. Er war von der Ansicht ausgegangen, dass die Tätigkeit von Investmentbankern, besonders von Männern wie Bill, die auf den Yen setzten und sich in der seltsamen Hokuspokuswelt virtueller Zahlen bewegten, so abstrakt und seiner konkreten Welt von Erde, Pflanzen und ihrer Gestaltung derart fern war, dass ihm Begriffe wie »rundum wohl fühlen« gar nicht in den Sinn kommen würden. Bill Steins berufliche Nabelschnur war das Handy – nicht eins, Dutzende. Morgens wurde er von chauffeurgelenkten Autos abgeholt und abends wieder nach Hause gebracht – keinen x-beliebigen Autos, sondern schwarze oder perlgraue Lincolns. Er ging mit Firmenjets oder Hubschraubern in die Luft, selten mit Linienmaschinen. Als er und Judith zu ihm nach New Hampshire gekommen waren, um mit ihm über die Gestaltung ihres Gartens zu sprechen, hatten sie sich nach dem nächstgelegenen Heliport erkundigt.

Tristan konnte nicht einschlafen. Unablässig dachte er an das, was er durch die Mauerlücke gesehen hatte, und je mehr er darüber nachdachte, desto wacher wurde er. Die Frau und der Garten bildeten in seinem Kopf eine eigentümliche Einheit. Er dachte an den Moment, in dem sie ihre Sonnenbrille abgenommen hatte. Sie war ein Wrack, aber als sie die Brille absetzte und er ihre Augen sah, oder genauer, das eine unverhüllte Auge, als der Wind mit ihren Haaren spielte, hatte sich etwas in ihm gerührt, etwas, was er seit vielen, vielen Jahren nicht mehr empfunden hatte. Aber es erinnerte ihn an etwas, an einen Moment unendlich geheimnisvollen Zaubers. Der Wind drehte sich. Ein scharfer Humusgeruch drang durch das halbgeöffnete Fenster. Jetzt erinnerte sich Tristan. Es war vor fast fünfzig Jahren gewesen und er gerade einmal dreizehn. Er befand sich in einem Sumpfgelände, in einem Sumpfgelände voller Frauenschuh am Rand eines Waldes in New England. Er war durch tiefen Morast gestapft, als er plötzlich neben einem kleinen Farnbestand eine bizarre Blüte erblickte. In seinem Blumenbuch konnte er sie nicht finden. Und als er sich bückte, um sie näher zu betrachten, erfüllten ihn ihre Details mit Erstaunen und Erregung. Obwohl er noch unberührt war und kaum Ahnung von der weiblichen Anatomie hatte, bewegte sich etwas in ihm.

Er öffnete die Augen in der Dunkelheit ganz weit. Und erkannte, dass er das gleiche Gefühl verspürt hatte, als er durch die Mauerlücke beobachtet hatte, wie die Frau ihre Brille abnahm. Den Namen der Blume hatte er nie herausgefunden und auch nie wieder eine ihrer Art gesehen.

Tristan liebte die lateinischen Bezeichnungen der wilden Pflanzen ebenso wie ihre allgemein verständlichen Namen. Wie Fragmente längst vergessener Träume begannen sie durch seinen Kopf zu ziehen, Träume vom Pflanzensammeln oder von Wanderungen durch Marschen und Schonungen: *Podophyllum peltatum, Saxifraga paniculata.* Und dann gab es da noch die ganze Ginseng-Familie. Er gähnte. Irgendwie pervers, dass seine erste größere Aufgabe bei Shreve and Coppitt, der Firma für Landschaftsgestaltung in Boston, für die er nach seinem Examen zu arbeiten begonnen hatte, die Anlage eines Wildblumengartens gewesen war, und dass er aus dieser Arbeit sofort wieder herausgerissen und nach Vietnam geschickt wurde, um den Luftwaffenstützpunkt Phu Kat und die Umgebung der neuen Ton-Son-Nu-Unterstände in Saigon zu gestalten. Statt mit *Calla palustris* und *Panax trifolius,* statt mit Maiapfel und Bärentraube, hatte er es nun mit C141 und F4 Phantomen zu tun, allgemein verständlich als Starlifter, Widow Maker oder Thud bezeichnet. Er hatte es gehasst, jede Minute. Hatte die Tatsache gehasst, dass er mehr über diese Kriegsmaschinerie und ihre

Spezies wusste, über ihre Start- und Landebedingungen, über Gleitwege, Sackfluggeschwindigkeiten und Radarreichweiten, als über die Wildflora von New England. Zwei Jahre lang musste er regelmäßig nach Vietnam fliegen, und es widerte ihn an. Er hasste die an den Startbahnen gestapelten Leichensäcke. Er hasste die Art und Weise, wie die Offiziere ihn zum Besuch der Bordelle von Saigon drängten. Er hasste es, dass Zivilisten ihm Drogen verkaufen wollten. Er hasste die verdammten Airbases, die hässlichen Flugzeuge und die Piloten mit ihrem großspurigen Gehabe, aber am meisten hasste er die Chopper-Jungs, vor allem die Bordschützen. Merkwürdigerweise waren Ellie und er sich in diesen beiden Jahren am nächsten. Auf eine stillschweigende Art schien sie seine Verzweiflung, seine Not zu verstehen. Es war die sexuell intensivste Zeit in ihrer ganzen Ehe. Für Tristan hatte sich ihre Ehe auf gewisse Weise in das Wildblumenreservat verwandelt, aus dem er herausgerissen und nach Vietnam geschickt worden war. Ellie wurde zweimal schwanger. Ihre Töchter wurden im Abstand von fünfzehn Monaten geboren. Er betrachtete sie als seine Wildblumen.

FÜNFTES KAPITEL

Der Laufbarren

Um die strenge Landschaftsgestaltung zu verstehen, muss man Steine als etwas Lebendes begreifen – wie Bäume und Sträucher.

KAZUHIKO FUKUDA Der japanische Steingarten

»Das ist das Absurdeste, was ich je gehört habe. Ich meine, warum muss Mom nur so eigensinnig sein, Suzy?« Missmutig musterte Ceil die barrenähnliche Laufhilfe, mit der Maggie zu gehen versuchte.

»Sie ist gern im Garten – ganz gleich, ob es regnet oder die Sonne scheint, sagt sie.«

»Nun, es wird mit Sicherheit bald regnen … Passen Sie auf, da liegt ein Stein im Weg. Vermutlich müssen wir das Ungetüm gleich wieder ins Haus bugsieren.« Auf der Suche nach der ebensten Fläche im Garten kämpften sich die beiden Frauen mit dem Gerät über einen holperigen Weg.

»Ich weiß nicht, was Elsie Lavin davon halten würde«, murrte Ceil.

»Sie findet es großartig. Sie wünscht schon seit Langem, dass sich Ihre Mom endlich mit dieser Gehhilfe anfreundet.«

»Aber im Regen? Dann müssen Sie ihr mit einem

Schirm nachlaufen. Sie werden aussehen wie einer dieser indischen Diener, die ihrem Maharadscha mit einem Sonnenschirm Schatten spenden.« Sie stellten das barrenähnliche Gebilde in der Nähe der Gartenmauer ab, wo der Weg relativ eben war. »Fehlt bloß noch, dass die verdammte Mauer einstürzt und die arme Mom unter sich begräbt.«

»Ich dachte, sie wird repariert«, entgegnete Suzy.

»Ja, aber bisher haben sie damit noch nicht einmal begonnen.«

»Ich werde schnell einen Besen holen und hier ein wenig fegen, damit sie nicht noch stolpert.«

Tristan hatte mit dem Laster nach Waltham fahren müssen, um eine ordentliche Ladung Lehm und Torf zu holen. Das Arnold Arboretum würde einen ausgewachsenen japanischen Ahorn schicken – Kostenpunkt fünfundzwanzigtausend Dollar –, und Tristan war mit der Qualität des eigens bestellten Substrats, in das der Baum gepflanzt werden sollte, nicht zufrieden. Darüber hinaus würden noch weitere Bäume eintreffen, darunter eine Magnolie und ein Hartriegel. Ihre Pflanzgruben waren vorbereitet, und für sie hatte er auch genügend passende Erde, allerdings waren sie nicht so heikel wie der Ahorn. Auf keinen Fall würde er sich dazu hergeben, den Laster selbst zu entladen. Zusätzlich zu Peter und Roger hatte er studentische Hilfskräfte für das Pflanzen der großen Bäume engagiert.

Der Ahorn würde mit seinen filigranen Ästen und geschlitzten Blättern attraktive Schleier vor dem Wasserfall weben. Wenn es sich nicht gerade um den Niagara handelte, bevorzugte Tristan keine direkten Blicke auf kaskadierendes Wasser. Für Tristan bestand ein großer Unterschied zwischen vertikalen und horizontalen Wasserflächen. Also mußte ihre Umgebung auch unterschiedlich gestaltet werden.

In den letzten Tagen war es ihm zur Gewohnheit geworden, zur Mauerlücke zu gehen, sobald er ein paar Minuten Zeit hatte. Er bezweifelte, dass sie heute im Garten sein würde. Schließlich regnete es, nicht heftig, aber immerhin. Dennoch lief er zur Mauer, stützte sich mit dem Arm ab und spähte durch den Spalt. Er zuckte zurück. Er hatte der Frau buchstäblich seine Nase ins Gesicht gestreckt. Aber sie schien es gar nicht bemerkt zu haben, dafür konzentrierte sie sich zu sehr auf ihre Tätigkeit. Auf der anderen Seite der Mauer bot sich ein verblüffender Anblick. Eine Art Barren war aufgestellt worden, an dessen Ende sich ein paar Stufen befanden. Zwischen den Holmen und mit je einer Begleitperson vor und hinter ihr bewegte sich Mrs. Welles vorsichtig vorwärts. Eine Frau hielt ihr einen Schirm über den Kopf. Die Frau vor ihr sprach ihr mit sanfter Stimme Mut zu: »Ganz ausgezeichnet, Mistress Welles. Und wenn wir jetzt zu den Stufen kommen, denken Sie an das kleine Gedicht, das ich Ihnen beigebracht habe. Okay, jetzt ist es soweit.« Leise stimmte die Frau eine Art Sprechgesang an: »Stufen brauchen dich nicht zu ergrimmen: Hinauf mit dem Guten, hinab mit dem Schlimmen.«

Als sie die erste Stufe in Angriff nahm, hielt Tristan den Atem an. Sie war größer, als er gedacht hatte. Sie trug eine Art Jogginganzug, keinen Regenmantel wie die anderen. Vermutlich hätte der ihre Bewegungsfreiheit behindert. Sie war dünn und schmal, wenn auch mit recht kräftigen Schultern. Sie atmete schwer, und kleine Wölkchen entwichen ihren Lippen. Die feuchten Haare fielen ihr lockig in den Nacken und über die Ohren. Im grauen Regendunst wirkte sie seltsam fern. Sie hätte eine Abbildung auf einer alten chinesischen Tuschezeichnung sein können. Die Mauerlücke bildete einen perfekten Rahmen.

Er musste zugeben, dass ihn der Regen freute. Die Arbeiten an der Mauer konnten nicht beginnen. Er würde es wirklich bedauern, wenn sich dieser Spalt schließlich schloss. Als die Steins ihm sagten, die Welles hätten lediglich fünfhundert Dollar als Beteiligung an der Reparatur angeboten, wäre er fast in lautes Lachen ausgebrochen. Aber Bill hatte ihm gesagt, die notwendige Instandsetzung in Angriff zu nehmen. Die Steins würden für alles aufkommen. Das wäre bei weitem billiger, als wenn sie auf Schadenersatz verklagt würden, falls bei einem Zusammensturz der Mauer jemand zu Schaden kommen sollte.

Eigentlich hatte sich Tristan vorgenommen, hinüberzugehen und mit Mrs. Welles zu sprechen, wenn sie im Garten war. Auch wenn die Maurerarbeiten noch nicht beginnen konnten, mussten doch eine Menge Pflanzen zurückgeschnitten werden. Der wilde Wein hatte sich als so hartnäckig erwiesen wie die Kletterrosen, und sie hatten die Mörtelschicht zwischen den alten Backsteinen zersetzt. Und da gab es noch ein Problem: Er ging davon aus, dass sie den Farbton auf ihrer Seite der Mauer gern beibehalten würde. Die verblichenen Steine sahen sehr reizvoll aus, und wenn Luigi sie mit einem Sandstrahlgebläse behandelte, würden sie ungemein attraktiv wirken. Verwittert und matt. Er sollte wirklich hinübergehen und mit ihr reden, aber er zögerte. Die Distanz hatte einen geheimnisvollen Zauber. Liebte er deshalb den Anblick fallenden Wassers durch einen Schleier feingefiederter Blätter? Er wusste es nicht.

Er sah noch ein paar Minuten lang zu und lief dann zu den Studenten zurück, um die Erdmischung in der Pflanzgrube für den japanischen Fächerahorn zu begutachten.

Am nächsten Tag schien endlich wieder die Sonne. Maggie trainierte mit Elsie Lavin am Barren. »Ich wette, in der nächsten Woche können Sie sich bereits mit einem Laufgerät flott durch den Garten bewegen. Sehen Sie sich doch nur an!«

Aber Maggie achtete gar nicht auf sie, sondern blieb

wie angewurzelt zwischen den Barrenholmen stehen. »Meine Güte, Elsie, schauen Sie doch nur!«

Elsie Lavin folgte den Blicken ihrer Patientin. Vor dem blauen Aprilhimmel erzitterte ein Filigran roter Blätter. Ein Baum, ein ausgewachsener Baum schwebte auf der anderen Seite der Mauer durch die Luft. »*Acer palmatum* ›Osakazuki‹«. Besorgt sah Elsie Maggie an. Schwatzte ihre Patientin etwa wieder sinnlos vor sich hin? »Ein japanischer Fächerahorn, er wird mehr als zwanzig Meter hoch. Sie haben allen Ernstes einen ausgewachsenen Ahorn gekauft?« Maggie starrte Elsie an, als wisse die eine Antwort darauf. »Ich kann es nicht fassen.«

»Moment mal«, sagte Elsie, »da kommt noch mehr.« Sie stand vor Maggie und sah ihr über die Schulter.

»Drehen Sie mich um, drehen Sie mich um!«, rief Maggie. »Ich will es sehen!«

»Eine gute Gelegenheit, es allein damit zu versuchen, Mistress Welles. Denken Sie an den Reim. Er gilt auch für das Umdrehen. Umdrehen braucht dich nicht zu ergrimmen: Setze erst den gesunden Fuß und dann den schlimmen.«

Wütend funkelte Maggie die Frau an. »Zur Hölle mit den Albernheiten!«

Sie dachte weder an ihren gesunden noch an ihren kranken Fuß. Sie dachte nur daran, dass sie sich unbedingt umdrehen wollte – und lag plötzlich auf der Erde. Ein lauter, hässlicher Schrei war zu hören. Sie wusste nicht, wer ihn ausgestoßen hatte, sie oder Elsie. Egal. Sie lag auf dem Rücken, und über ihr glitten ein Hartriegel, eine Magnolie und eine Zierkirsche mit gefüllten weißen Blüten durch die Luft. Es war ein so unglaublicher, wundersamer Anblick, dass Maggie sich fragte, ob sie vielleicht wie Alice auf ihrem Weg ins Wunderland durch eine Art Spiegel gefallen war.

»Haben Sie sich etwas getan? Oh, Mistress Welles, warum mussten Sie so unvorsichtig sein? Ich hoffe, Sie haben sich nichts gebrochen.«

»Ach, halten Sie doch den Mund.« Maggie richtete den Blick nach oben und beobachtete den Vorbeizug der Bäume.

»O Gott. Was ist passiert? Hat sie sich etwas getan?« Ein großer Schatten fiel auf sie und blockierte ihre Sicht. »Wie geht es Ihnen?« Es war der Mann mit dem blauen Hemd und den silbergrauen Haaren. Jetzt kniete er sich neben sie. Sein Gesicht war sehr nahe. Ein sehr schönes Gesicht. Tiefblaue Augen, hohe, intelligente Stirn, schmale Nase, ein gutgeformtes Kinn und ein sehr sanfter Mund. Nie zuvor hatte sie über sanfte Münder nachgedacht. Grausame Münder kannte sie: dünnlippige, zusammengepresste Schlitze. Aber das Gegenteil musste nicht unbedingt aufgeworfen und sinnlich sein. Nein, diese Lippen waren nicht aufgeworfen, eher schmal als breit, aber eindeutig sanft. Das graue Haar war kurz geschnitten und die Form seines Schädels einfach vollkommen. Ein Römerkopf, dachte sie. Wie sollte man ihn sonst beschreiben? Hätte durchaus von einer Statue stammen können, aber so war es nicht. Er gehörte zu dem Mann, der sich über sie beugte und ihr in die Augen sah. Sie war froh, dass sie ihre Augenklappe nicht trug.

»Gut«, erwiderte Maggie gelassen. »Ich bewundere gerade die Bäume, die jenseits der Mauer durch die Luft gleiten.« Sie hob ihren gesunden Arm und streckte den Zeigefinger aus. »*Acer palmatum* ›Osakazuki‹, stimmt's?«

»Exakt.« Er rutschte ein wenig zur Seite, als wolle er nicht die Sicht verstellen.

»Und dann diese wundervolle *Styrax japonica.* Ich liebe Storaxbäume, habe aber noch nie ein so großes Exemplar zu Gesicht bekommen. Muss ein Vermögen gekostet haben.«

»Kann man wohl sagen.« Kniend richtete Tristan die Augen himmelwärts, erkannte aber, dass der Anblick aus der Rückenlage spektakulär sein musste. Prompt legte er sich flach auf den Weg. Es war tatsächlich atemberaubend, musste er zugeben. Heute standen ihnen zusätzlich zum Bagger zwei Kräne zur Verfügung, damit alle Bäume an einem Morgen in den Boden gebracht werden konnten.

Elsie Lavin wusste nicht, was sie tun sollte. »Ich denke, wir sollten aufstehen, Mistress Welles. Der Boden ist feucht und kalt. Sie wollen sich doch keine Lungenentzündung holen, oder?«

»I … i …« Tristan wandte den Kopf und beobachtete, wie sie sich mit dem Wort abmühte. Sie hatte ein sehr schönes Profil. Sie spürte, dass er sie ansah. Und holte tief Atem. »Ich fühle mich hier sehr wohl und gedenke hierzubleiben, bis die Baumparade vorüber ist. Es kommen doch noch mehr oder, Mister …?«

»Tristan. Nennen Sie mich einfach Tristan. Ja, noch etliche weiße Zierkirschen.«

»Ah, wie in Sss … sss …«

»Sissinghurst«, half Tristan aus.

»Genau.« Sie lächelte hinreißend.

»Mistress Welles, ich muss Ihnen jetzt wirklich aufhelfen. Sie können doch nicht da auf der Erde liegen bleiben.«

»Warum denn nicht? Es geht mir glänzend.« Ihre Stimme, ihre Worte rührten irgend etwas in Tristan an, das er sich selbst nicht erklären konnte. Er wusste nur, dass er neben ihr zusehen wollte, wie die Bäume über den Himmel wanderten. Und zuhören wollte, wie sie die botanischen Namen aussprach.

»Ah, da kommt *Prunus lannesiana* ›Shirotae‹!«

»Aber ich muss gehen«, jammerte Elsie. »Und ich kann Sie hier nicht so liegen lassen.«

»Doch, das können Sie.« Tristan stand auf. »Machen Sie sich keine Sorgen. Ich helfe ihr auf und bringe sie ins Haus.«

»Aber … das geht doch nicht«, stammelte Elsie. »Sie wissen nicht, wie man das macht.«

»Er weiß es nicht?«, empörte sich Maggie. »Elsie, dieser Mann transportiert Bäume, Findlinge – und er baut einen Wasserfall. Das da drüben wird doch ein Wasserfall, oder?« Sie blickte zu Tristan auf. Sein Gesicht verzog sich zu einem bezaubernden Lächeln. Er hatte tiefe Lachfältchen in den Augenwinkeln.

»Ja. Wie sind Sie darauf gekommen?«

»Keine Ahnung. Ich wusste es einfach. Und nun laufen Sie los, Elsie. Ein Mann, der all das zustande bringt, kann mit Sicherheit auch mein altes Gerippe bewegen. Allmächtiger, ich fasse es nicht. Noch eine Zierkirsche. Die muss doch mindestens zwanzig Meter hoch sein.« Fast unbewusst nahm Maggie wahr, dass sich ihre Zunge nicht mehr so unbeholfen und schwer anfühlte. Die letzten Sätze hatte sie problemlos aussprechen können.

Elsie Lavin gab ihren Widerstand auf und ging.

»Bitten Sie Suzy, mir den Lunch in den Garten zu bringen.«

Tristan ließ sich wieder neben Maggie nieder.

»Und noch ein Hartriegel. Ein ungewöhnlich schöner, und voll ausgewachsen. Wieviel hat er gekostet? Ich hoffe, Sie verübeln mir die Frage nicht.«

»Keineswegs. Rund fünfundzwanzigtausend.«

»Jesus, Maria und Josef!«

Überrascht wandte Tristan den Kopf und sah sie an. Ihre Sprechschwierigkeiten schienen verschwunden, und es kam ihm so vor, als hätte sich ein irischer Beiklang in ihre Stimme geschlichen. »Sind Sie Irin?«

»Ich bin hier geboren, in Charlestown. Aber meine Eltern kommen aus Irland. Aus dem County Clare. Ich habe drüben oft meine Großmutter besucht.«

»Wie heißen Sie?«

»Oh, w … wie un … un …« Plötzlich stotterte sie wieder. Konzentriere dich, Maggie, sagte sie sich. Konzentriere dich. Doch es gelang ihr kaum. Sie sah unendliche Anteilnahme in seinen Augen. Kein Mitleid, dafür Mitgefühl. Sie presste die Lippen fest zusammen. »M … m … maggie«, sagte sie dann. »Maggie Flaherty Welles, und wie unglaublich unhöflich von mir, dass ich mich Ihnen nicht vorgestellt habe.«

»Und ich bin Tristan Mallory.« Er streckte den Arm nach ihrer gesunden Hand aus und schüttelte sie.

Und so traf Suzy sie an, als sie mit dem Lunch-Tablett erschien.

SECHSTES KAPITEL

Nächtliche Erregung

> Tief in jedem von uns liegt ein Garten. Ein sehr intimer, persönlicher Ort. Während der meisten Zeit unseres Lebens bleibt dieser Garten allen Blicken verborgen, mit Ausnahme der Momente, die wir mit Träumen oder innerlicher Versunkenheit verbringen … aber viele von uns sehnen sich danach, diesen imaginären Garten Wirklichkeit werden zu lassen.
>
> JULIE MOIR MESSERVY The Inward Garden

Als Maggie abends im Bett lag, erlebte sie jede Sekunde der mit Tristan verbrachten Stunde noch einmal. Als sie zunächst nebeneinander auf der Erde gelegen und den Vorbeizug der wundervollen Bäume beobachtet hatten, und dann später, nachdem Suzy den Lunch gebracht hatte. Und als er ihr schließlich auf die Füße half, ging er dabei ganz anders vor als die Pflegerinnen und Therapeutinnen. Die griffen ihr stets mit den Händen unter die Achselhöhlen und zerrten sie mit einem heftigen Ruck hoch. Er hingegen stellte sich mit gespreizten Beinen über sie, schob seine Arme bis zu seinen Ellbogen unter ihre Schultern und hob sie so sanft hoch, wie man eine Pflanze aus dem Boden hebt, um sie zu versetzen. Mit einer einzigen, fast hydraulischen Bewegung fühlte sie sich mitsamt der Wurzeln hochgehoben, wenigstens kam es ihr so vor. Sie empfand ein seltsames Gefühl in der Magengegend, als sie sich an seine Arme unter ihren Schultern erinnerte, an den flüchtigen Moment, als sie an seiner Brust lag. Dann hatte sie sich zum Ende des Barrens bewegt, und er ging nicht wie Elsie vor ihr, sondern hinter ihr. Wie sie umfasste er die Holme und war nur Zentimeter von ihr entfernt. Sie konnte sein Hemd in ihrem Rücken spüren, seinen Atem in ihrem Nacken. Die Intimität dieses Augenblicks war überwältigend.

Sie hielt es im Bett kaum noch aus. Sie wünschte sich, am Fenster sitzen zu können. Es war heiß. Ein leichter Windzug bewegte die Vorhänge. Das Laufgerät stand neben ihrem Bett. Seit sie im Garten am Barren trainierte, konnte sie sich sehr viel besser mit der Gehhilfe über kurze Entfernungen im Haus bewegen und brauchte nicht immer nach der Nachtschwester Mrs. Allen zu klingeln. Sie hatte bereits mit Adams darüber gesprochen, künftig auf die Dienste von Mrs. Allen zu verzichten. Die Frau war ihr nicht allzu sympathisch, und sie glaubte, künftig allein mit Suzys Hilfe auskommen zu können. Vorsichtig bewegte sie sich auf den Sessel neben dem Fenster zu. Sie hörte ein kratzendes, scharrendes Geräusch aus dem Garten. Was konnte das sein? Ein Halbmond schien, aber sie konnte nicht erkennen, woher das Geräusch genau stammte. Es schien von der Mauer herzukommen, dort, wo sie ihr Gehen trainierte.

In der Nacht ihres Schlaganfalls war der Mond nur

eine dünne Sichel gewesen. An diesem Tag hatte sie im Garten geschuftet wie eine Berserkerin. Durch die sintflutähnlichen Regenfälle im Frühling vor zwei Jahren waren die Fundamente der niedrigen Begrenzungsmauern der Stufengärten im hinteren Bereich des Grundstücks unterspült worden. Also war sie tatsächlich darangegangen, sie eigenhändig abzustützen, und hatte Schubkarrenladungen mit Erde bewegt und zehn Kilo schwere Steine gewuchtet.

Maggies Stufengärten, die sie zusammen mit ihrer Mutter und Monsignor John von ihrer alten Kirchengemeinde in Charlestown angelegt hatte, waren ursprünglich eine Folge unterschiedlich gestalteter Gartenräume gewesen. Aber in den Jahren nach Adams' Tod hatten langanhaltende Trockenperioden im Sommer und heftige Schneefälle im Winter dem Garten schwer zugesetzt. Die Bodenerosion war beklagenswert, die Pflanzen schossen in die Höhe und verholzten, und ihr fehlten die Mittel, Hilfskräfte für die dringend notwendigen Aufgaben – Rückschnitt und Instandhaltungsarbeiten – zu engagieren. Im letzten Sommer hatte sie beschlossen, wenigstens die Mauern zu richten und vielleicht ein paar Zwiebelpflanzen zu stecken. Bis auf die Umfriedung waren die Gärten selbst bemerkenswert intakt geblieben. Irgendwie war es ihnen gelungen, die Invasionsversuche des Mauerpfeffers abzuwehren und dem Würgegriff des wilden Weins zu entkommen.

Die Anstrengungen jenes Tages waren ihr Verhängnis gewesen. Am späten Nachmittag hatte sie heftige Kopfschmerzen bekommen, sie aber der sengenden Sonne zugeschrieben. Sie war ins Haus gegangen, um sich »ein bisschen aufs Ohr zu legen«, wie ihre Nan immer gesagt hatte. Es ging ihr schon wieder etwas besser, als sie feststellte, dass ihre Ringe in einem Topf im umfriedeten Garten zurückgeblieben waren. Sie hatte sie abgezogen, weil sie in ihren neuen Gartenhandschuhen unangenehm drückten. Gegen sieben Uhr ging sie wieder hinaus, um sie zu holen. Sie fühlte sich ein bisschen benommen und schwindlig, machte dafür aber noch immer die Hitze verantwortlich. Zumindest ihre Kopfschmerzen hatten nachgelassen, nur ein schwaches Pochen in ihrer rechten Schläfe war geblieben.

Als sie die Stufengärten erreichte, überfiel sie heftige Übelkeit, und sie musste sich auf den Weg setzen. In ihren Fingerspitzen kitzelte es ganz eigentümlich. Plötzlich wurde es merkwürdig düster. Zunächst glaubte sie an eine Sonnenfinsternis, erkannte dann jedoch, dass sich die Verfinsterung in ihrem Kopf abspielte und in ihrem Hirn etwas sehr Merkwürdiges vor sich ging. Die Haselwurzpflanzen, die sie vorhin ausgerissen hatte, verschwammen vor ihren Augen, wurden immer undeutlicher. Bald schien ihr nur noch ein stecknadelkopfgroßes Gesichtsfeld geblieben zu sein, um die dunkelgrünen, herzförmigen Blätter zu erkennen. Sie erinnerte sich, wie ihr linker Arm schlaff an ihr herabhing und wie sie bezweifelt hatte, dass er wirklich zu ihr gehörte. Sie hatte keinerlei Gefühl mehr in ihm. Das Letzte, woran sie sich erinnerte, war, dass sie laut »Hilfe« rufen wollte, aber statt dieses Wortes kam nur ein unverständliches Gurgeln über ihre Lippen. Dann stürzte sie rücklings auf den Pfad, mit dem Gesicht nach oben.

Sie musste wohl weggetreten gewesen sein – eingeschlafen, bewusstlos? –, denn als sie wieder zu sich kam, funkelten bereits die Sterne. Seltsam gelassen stellte sie fest, dass ihre linke Körperseite gelähmt zu sein schien. Mit Hilfe ihres rechten Arms versuchte sie, sich aufzurichten, war aber so hilflos wie eine Schildkröte auf dem Rücken. Sie blickte wieder zum Himmel empor, sah die drei Gürtelsterne des Orion und dachte: Wahrscheinlich sterbe ich, aber so schlimm ist das gar nicht. Ich habe keine Schmerzen. Ich fühle mich nicht einmal einsam oder verlassen. Ein geradezu euphorisches Glücksgefühl begann sie zu durchströmen. Sie befand sich in ihrem Garten, und auch wenn der erschreckend vernachlässigt war, hätte sie nirgendwo anders sein wollen. In den langen, ziemlich eintönigen Jahren mit ihrem liebevollen, aber immer leicht benebelten Ehemann hatte sie sich sehr oft einsamer gefühlt. Sie blieb ganz ruhig und gelassen. Am Morgen würde sie irgend jemand finden, und es wäre ein sehr sauberer Tod ohne Blutvergießen und Geschmadder – kein Vergleich mit dem Nachbarn, der sich zwanzig Jahre zuvor in seiner Bibliothek eine Kugel in den Kopf gejagt und damit eine Erstausgabe von Henry David Thoreau und ein Gemälde von Fitzhugh Lane ruiniert hatte.

Als sie begriff, dass sie doch weiterleben würde, war das eine riesige Enttäuschung für Maggie. Die Putzfrau fand sie und schrie Zeter und Mordio. Schon bald hörte sie Sirenen, Sanitäter eilten mit einer Trage herbei, und Leute stellten ihr törichte Fragen, auf die sie noch törichtere Antworten gab. »Wissen Sie, wo Sie sind?« Natürlich wusste sie das. In einem Krankenhaus. Im Mass General, genauer gesagt. Doch was antwortete sie? »Tabak.«

Nie fiel sie in ein Koma, verlor nicht einmal wirklich das Bewusstsein. Die ersten Tage danach verbrachte sie wie hinter dichten Nebelwänden, und als sich der Nebel lichtete, setzte Zorn ein. Sie erkannte, dass sie eine Gefangene ihres eigenen Körpers geworden war. Ihre Zunge lag unbeweglich in ihrem Mund, und ein wild herumzuckendes Auge ließ sie alles doppelt sehen. Selbst jetzt, acht Monate später, musste sie morgens und abends eine Stunde lang eine Augenklappe tragen. Ruhezeit für ihr linkes Auge, um die Doppelgesichtigkeit im Zaum zu halten. Sie wurde die Piratenwitze ihrer Kinder und Verwandten schnell leid.

Lange Zeit konnte sie nicht begreiflich machen, was sie wirklich wollte. Bot man ihr ein Glas Wein an, sagte sie häufig nein, obwohl sie es zu gern getrunken hätte. Ceil erwies sich als sehr fähig, diese wirren Äußerungen richtig zu deuten. In den ersten Monaten war Ceil ein echter Schatz gewesen und ihr in Windeseile zur Hilfe geeilt, als die Privatpflegerin ihre Schwägerin, eine Friseurin, mitbrachte, weil sie annahmen, Maggie hätte zugestimmt, sich die Haare schneiden zu lassen. In diesem Fall hatte sie ja gesagt, aber nein gemeint.

Maggies Haar war noch immer rot und dicht, wenn auch mit ein paar ergrauten Strähnen. Sie trug es zu einer Art Knoten zusammengefasst, doch außer Maggie selbst kam niemand mit der Frisur zurecht. Sie befestigte sie mit einer Spange und den silbernen Kämmen, die ihr Adams zum ersten Hochzeitstag geschenkt hatte. Eine Beschäftigungstherapeutin hatte Stunden gebraucht, das Frisieren mit ihr zu üben. Jetzt konnte sie ihre Haare kämmen und den Knoten mit Hilfe einer Schiebezange, die für Menschen mit nur noch einem funktionsfähigen Arm erfunden worden war, an Ort und Stelle befestigen. Sie besaß eine ganze Vielfalt von Hilfsmitteln, die ihren linken Arm und ihre linke Hand ersetzen sollten: Greifzangen, Stahlklauen und Metallhaken, um Telephonnummern zu wählen, Gabeln zu halten, die Seiten eines Buches umzublättern.

Rhonda, die Beschäftigungstherapeutin, kam an vier Tagen in der Woche, um durch besondere Übungen ihre Fähigkeiten im Alltag zu fördern. Zur Erreichung dieses Ziels wurde von Maggie verlangt, so unpraktische Dinge zu tun, wie mit einem Kinderwebrahmen zu weben oder sich zwanzig Minuten täglich mit etwas zu beschäftigen, was Kittherapie genannt wurde, einer Art Knete für Schlaganfallpatienten.

Aber auch nach monatelanger Beschäftigungstherapie hing der linke Arm noch immer kraftlos von ihrer Schulter. Es war zum Verrücktwerden. Immer wieder hörte sie, dass sie Geduld haben müsse, und Rhonda wie Elsie behaupteten, sie könnten bei der Massage spüren, wie der Muskeltonus des Armes zurückkehrte. Aber selbst wenn sie ihn mit Nadeln piesackten, konnte sie die Stiche kaum spüren. Rhonda hatte ihr gezeigt, wie sie ihren Arm wenigstens effektiv als Gewicht einsetzen konnte. Und dies tranierten sie ausgiebig mit ihr. Tolle Sache!, war Maggi versucht zu sagen, als sie mit ihrem Arm ein Buch offenhielt.

Ihre anfängliche Erbitterung über ihren Zustand war geringer geworden, genau wie die Ärzte und ihre Kinder vorausgesagt hatten. Aber weder die Ärzte noch ihre Kinder wussten, dass Maggie sich zu fragen begonnen hatte, ob der Schlaganfall ihr Leben tatsächlich so dramatisch verändert hatte oder nur ein latenter Zustand zutage trat, der für ihre gesamte Ehe charakteristisch gewesen war. Hatte sie sich vielleicht in den letzten vierzig Jahren in einer Art Lähmungszustand befunden, ohne es zu bemerken?

War sie nicht zu einer stillschweigenden Dulderin des Alkoholismus ihres Mannes geworden? Mehr noch, zu einer echten Komplizin bei seinem stetigen

Rückzug aus der Intimität eines gemeinsamen Lebens? Sie hatte gelernt, sehr wenig zu erwarten und noch weniger zu vermissen. Oh, so schlimm war es eigentlich gar nicht gewesen. Es gab keine Szenen. Keine Anschuldigungen. Nichts »Irisches«. Nicht wie bei Onkel Seamus, der einer der ärgsten Trunkenbolde unter der Sonne gewesen war. Onkel Seamus hatte keinen Tag seines Lebens gearbeitet, aber häufig genug den Breeds Hill in Charlestown bestiegen, auf dem der steinerne Phallus des Patriotismus, das Bunker Hill Monument, in den Himmel ragte. Dort entledigte er sich seiner Kleidung, verwies unflätig auf seine eigene Säule, die neun Kinder gezeugt hatte, und pisste auf die verdammten Briten. Üblicherweise tat er das am Evacuation Day, der in Boston am selben Tag wie St. Patrick's Day gefeiert wurde und an den Abzug der britischen Truppen im Jahr 1776 erinnerte. Die Ausprägung des Alkoholismus der Welles' war so WASP, so gelassen, so beherrscht und so abstumpfend und lähmend für jeden, der mit ihm durch Ehe oder Berufstätigkeit in Berührung kam. Wenn Maggie es sich jetzt recht überlegte, hatte Onkel Seamus etwas ausgesprochen Erfrischendes.

Hatte sich ihr Leben seit jenem Abend im Garten wirklich verändert? Nicht besonders, dachte sie, als sie in den Mondschein hinausblickte. Aber heute hatte sich im Garten etwas verändert – so unerwartet und wundersam wie die schwebenden Bäume. Eine völlig neue Gefühlswelt hatte sich ihr aufgetan. Und das war lächerlich – in ihrem Alter und in ihrer Situation.

Sie hatte sich daran gewöhnt, ihren Zustand sowohl vor als auch nach dem Schlaganfall mit ihrem Garten zu vergleichen, als eine Art Kadaver, ziemlich tot, aber noch nicht ganz versteinert. Mit einem bleiernen Arm und einer gelähmten, nahezu gefühllosen linken Körperhälfte. Die Zunge so schwer in ihrem Mund. Die Worte oft so schwierig zu fassen. Und jetzt, nachdem sie monatelang im Spiegel das Wrack betrachtet hatte, die Verwüstungen, die der hämorrhagische Infarkt hinterlassen hatte, der durch ihr Gehirn gebrandet war wie die Flutwelle nach einem Meerbeben, ein erdgeschichtliches Ereignis, das bislang nur eine zuvor schon vorhandene Situation zu unterstreichen schien – jetzt endlich hatte sich alles verändert. Sie dachte an den Moment der Nähe zwischen den Barrenholmen und verspürte eine tiefe innerliche Erregung. Sie biss sich leicht auf die Lippe und blickte in die Nacht hinaus. Sie konnte das Gerippe des alten Gartens erkennen, den ihre Mutter, Monsignor John und sie vor rund vierzig Jahren angelegt hatten.

Tristan Mallory schwitzte. Es war kurz vor Mitternacht, aber zum Glück schien der Mond vom klaren Himmel. In den letzten drei Stunden hatte er etwa sechs Meter des Kiesweges umgegraben, auf dem der Barren gestanden hatte. Der Boden war relativ weich, und er grub nur knapp zehn Zentimeter tief um. Dann harkte er den Wegstreifen und stampfte die Erde fest. Schließlich kam der interessante Teil an die Reihe, das Verlegen der Steine. Luigi hatte sich verkalkuliert, und nun waren genügend Steine übrig, um das Wegstück unter dem Barren damit zu pflastern. Sie ließen sich gut in das Sandbett einpassen und würden eine sehr viel ebenere Gehfläche für Maggie Welles ergeben, wenn sie am Barren übte. Er hatte zwei ganz besondere Steinplatten entdeckt. Eine mit dem fossilen Abdruck einer urzeitlichen Seelilie aus der Familie der Crinoidea und eine weitere mit einer versteinerten Molluske. Und genau das war der Grund, weshalb Tristan so gern mit Gestein arbeitete. Wenn man es spaltete, gab es wahre Schätze preis.

Die Tatsache, dass man Muscheln auf Berggipfeln finden konnte, faszinierte Tristan, seit er ein kleines Kind gewesen war und ihm sein Vater erzählt hatte, wie die Berge aus den Meeren aufgestiegen waren. Vielleicht fühlte er sich deshalb auch so zu den chinesischen Künstlern hingezogen, die zwischen dem zehnten und zwölften Jahrhundert Landschaften auf Seide malten. Ihre Landschaften vermittelten etwas von den ständigen Veränderungen von Land, Bergen und Meer. Sie hatten etwas grundsätzlich Zeitloses. Als Tristan schließlich bei Shreve and Coppit kündigte, weil er einen weiteren Flug nach Vietnam nicht ertragen hätte, gründete er seine eigene Firma. Sein erster

Auftrag war die Gestaltung des Sommersitzes eines Liebhabers asiatischer Kunst, dessen Kollektion die Sammlung der Rockefellers in den Schatten stellte. Spontan hatte sich Tristan in einen Seidenfächer verliebt, auf den ein Fluss gemalt war, von dem Sommernebel aufstiegen. Der Fächer stammte aus der Zeit der Sung-Dynastie des Nordens, aus dem elften Jahrhundert. Es war ihm gelungen, die Frau des Hauses von einer herkömmlichen Staudenrabatte zu einer von dem Fächer inspirierten gewundenen Beetanlage zu überreden: Mit Thymianbändern und Kriechwacholder, die in Kiesel- und Steinflächen gepflanzt waren, schuf er einen »Fluss« mit »aufsteigenden Nebeln«. Der Entwurf erschien auf der Titelseite des *Horticultural Magazine* und machte ihn mit einem Schlag bekannt. Fortan wünschte sich jeder Sammler fernöstlicher Kunst einen asiatischen Steingarten und wandte sich an Tristan Mallory and Associates. Er war das jüngste Mitglied, das jemals in die American Academy of Landscape Architects berufen wurde.

Die Klienten, die er durch seine von fernöstlicher Kunst – die Malerei und das Porzellanhandwerk – inspirierten Arbeiten mit Gestein kennenlernte, unterschieden sich beträchtlich von den Sissinghurst-Fanatikern. Sie alle hatten etwas zu erzählen, ihr Leben war voller Geschichten. Jeder war, ob bewusst oder unbewusst, ob reich oder weniger betucht, auf seine oder ihre Weise ein Dichter, ein Maler, ein Künstler. Und indem Tristan ihnen ihre Geschichten entlockte, brachte er sie dazu, sich mehr zu schätzen. Das war die befriedigendste Seite seines Jobs. Immer wieder gab es beim Zusammensein mit diesen Auftraggebern Augenblicke, in denen ein Licht aufzuleuchten schien, und in diesen kurzen Momenten erkannten sie, dass sie mehr besaßen als Geld, über mehr verfügten als ein ungewisses Verlangen, dass sie eine Geschichte zu erzählen hatten und in gewisser Weise Künstler waren.

Tristan verspürte keine Spur von Gewissensbissen dabei, diese beiden Platten den Steins vorzuenthalten, denn Judith hatte ihr Herz an die Kopie einer Verrocchio-Statue als Blickpunkt ihrer Terrasse gehängt, an den Jungen mit dem Delphin. Und irgendwie passten nackte Amoretten und Fossilien in Tristans Vorstellung nicht recht zusammen. Jedenfalls empfand er es so. Mit Sicherheit wusste er jedoch, dass Judith Stein auf ewig mehr Sissinghurst zuneigte als der Sung-Dynastie.

Er wollte den Seelilienstein am Beginn des Barrenfundaments verlegen und die Molluske an seinem Ende – wenn sie ihr Ziel erreicht hatte. Er passte die Platte in das Sandbett ein und gab ihr zwei kleinere Steine mit attraktiv blauen Einschlüssen zur Seite. Die Idee war ihm kurz vor dem Abendessen bei einem Bier gekommen. Unablässig hatte er an Maggie denken müssen. Seit dem Nachmittag erinnerte er sich immer wieder an jede einzelne Minute der Stunde, die sie miteinander verbracht hatten. Wie er neben ihr auf dem

Kiesweg lag, die Bäume beobachtete und ihrer leisen, bedächtigen Stimme zuhörte. Als sie ihm die Namen der Bäume und Sträucher nannte, hatte sie ihm auch etwas Erstaunliches erzählt. Sie hatte ihm erzählt, dass sie in den ersten Wochen nach ihrem Schlaganfall kein einziges Wort über die Lippen brachte, wohl aber Kinderreime, -lieder oder Bruchstücke der Messliturgie zitieren konnte, denn offenbar befände sich das Sprachzentrum in einem anderen Bereich des Gehirns als das musikalische. Das Aussprechen botanischer Namen wäre wie Singen, hatte sie gesagt.

Als er ihr beim Aufstehen half, fühlte sie sich in seinen Armen an wie eine weiche Stoffpuppe. Dann war er hinter ihr hergegangen. Sie hatten fünf Minuten gebraucht, um das Ende des Barrens zu erreichen. Etwas an ihrem Hals bezauberte ihn, und hingerissen betrachtete er die gelockten Haarsträhnen in ihrem Nacken. Seine Hände auf den Holmen lagen direkt hinter ihren. Die linke Hand war ein totes Gewicht am Ende eines schlaffen Armes. Sie konnte den Holm nicht wirklich umgreifen, sondern wurde von der Körperbewegung mitgezogen. Gegen Ende des Barrens schien sie zu ermüden, und der linke Arm hatte es schwerer, mit dem rechten auf gleicher Höhe zu bleiben. Aber er erkannte, wie wichtig das für ihr Gleichgewicht war. Also bewegte er seine linke Hand an ihre heran und schob sie vorwärts. Sie blieb stehen und sah ihn über die Schulter hinweg an. Sie lächelte ein kleines, schiefes Lächeln, und er blickte in die grünsten Augen, die er jemals gesehen hatte. In diesem Augenblick wusste er, dass er sie liebte. Er hatte sich in Maggie Flaherty Welles verliebt, eine Witwe, Schlaganfall-Rekonvaleszentin und in Charlestown geborene noble Matrone der Brattle Street.

Seit fast dreißig Jahren war Tristan Mallory geschieden. Er war in seine Frau Ellie verliebt gewesen, hatte aber nach kurzer Ehe erkannt, dass er sie nicht liebte. Auch in der Erinnerung verlor jener Tag Anfang Juni nichts von seiner Ungeheuerlichkeit. Innerhalb von sechsunddreißig Stunden hatte er das College verlassen, wurde zur Armee eingezogen, hatte geheiratet und wurde nach Korea verschifft. Zwei Tage zuvor hatte Ellie ihm gesagt, dass sie schwanger war. Nie wäre es ihm in den Sinn gekommen, sie nicht zu heiraten. Aber bevor sie ihm von ihrer Schwangerschaft erzählte, wäre es ihm auch nicht in den Sinn gekommen, sie zu heiraten. Rund einen Monat später, als er in Korea war, erlitt sie eine Fehlgeburt.

Als er in die Staaten zurückkam, machte er sein Diplom in Landschaftsarchitektur und Stadtplanung und begann danach für Shreve and Coppit zu arbeiten. Was er als Tiefpunkt seiner beruflichen Tätigkeit betrachtete, die Gestaltung von Luftstützpunkten in Vietnam, wurde zum Höhepunkt seiner Ehe mit Ellie. Wirkliche Leidenschaft konnte man es eigentlich nicht nennen, aber in dieser Zeit bot sie ihm eine Zuflucht, eine Art Refugium. Aber als seine Karriere im Verlauf der nächsten fünf Jahre einen schnelleren Gang einlegte, schien die Intimität zu schwinden, die sie in diesem Refugium gefunden hatten. Während seine Firma in Schwung kam, begann Ellie immer häufiger zu klagen, sie fühle sich unausgefüllt. Das konnte Tristan kaum verstehen. Vor der Geburt der Kinder war sie doch durchaus zufrieden gewesen. Hatte sie die Rolle als Refugium für ihn befriedigender gefunden als ihr Mutter-Dasein? Es war verblüffend. Für ihn waren seine kleinen Töchter wahre Wunder. Es genoss es, Vater zu sein. Er war nachsichtiger als Ellie. Ging nicht so schnell in die Luft. Zu einer ihrer heftigsten Auseinandersetzungen war es ausgerechnet wegen Barbie-Puppen gekommen. Ellie geriet in Rage. Sie wollte nicht, dass ihre Töchter von einem derartigen Frauenbild beeinflusst wurden. »Formbar und fügsam«, erregte sie sich immer wieder. Tristan fand, dass sie es übertrieb. Sobald ein Buch oder irgendein anderes Objekt verboten wurden, erhielten sie dadurch eine unwiderstehliche Anziehungskraft, die oft genug in keinem Verhältnis zu ihrem wirklichen Wert stand. Bei den Lesegewohnheiten der Mädchen hätte sie nie eingegriffen, hielt er ihr vor, warum fing sie damit jetzt bei Spielzeugen an? Irgendwie geriet die Diskussion völlig aus den Fugen, wurde grundsätzlich. Der ganze seelische Ballast, den Ellie offenbar ohne sein Wissen mit sich herumgetragen hatte, brach sich vehement Bahn. Sie warf ihm vor, sie ausschließlich wegen ihrer Passivität zu mögen. Aber nicht nur er: Jedes einzelne männliche Mitglied ihrer Familie, ihr Großvater, ihr Vater, ihre Brüder schätzten Frauen nur wegen ihrer Gefügigkeit. Aber sie hätte nicht vor, so zu enden wie ihre Mutter. Tristans Ansicht nach war Ellies Mutter eine absolut liebenswürdige und bezaubernde Frau. Er war verdutzt. »Heißt das, dass du dich für Barbie hältst?« fragte er schließlich und fügte humorig hinzu: »Du siehst nicht unbedingt so aus.« Sein Witz verpuffte. Sie packte eine Lampe und schleuderte sie in seine Richtung.

Nach dem Barbie-Streit beschloss Ellie, ans College zurückzugehen, um einen Abschluss als Lehrerin zu machen. Er war begeistert. Nach nur zwei Semestern warf sie das Studium hin. Nun stürzte sie sich auf eine Reihe von Kursen und Seminaren über Selbstfindung und Selbstverwirklichung. Die Selbstfindung wurde ihr heiliger Gral. Eines Tages kam sie ganz aufgeregt von einem dieser Seminare nach Hause. Sie hatte sogar zuvor angerufen, um Tristan mitzuteilen, sie käme mit einer wirklich wundervollen Neuigkeit.

Die wundervolle Neuigkeit bestand darin, dass sie mit dem Seminarleiter geschlafen, ihren ersten echten Orgasmus erlebt hatte und nun wusste, dass sie Tristan mehr denn je liebte und sie in ein ganz neues Stadium ihrer Ehe eintreten konnten. Sie äußerte den dringenden Wunsch, dass er eine Affäre mit der Frau des Seminarleiters beginnen solle. Aber offensichtlich sollte es keine Affäre des Herzens werden, sondern eine des Penis. »Es geht nicht um Liebe oder Gefühle«, hatte sie allen Ernstes gesagt. »Es geht um Penisse und Vaginen. Mehr nicht.«

Tristan empfand gleichzeitig Wut und Übelkeit. Geradezu blitzartig kam ihm die Erkenntnis, dass ihm Ellie mit ihrer Egozentrik zehn Jahre lang extrem auf die Nerven gegangen war. Er wollte sie los sein, wollte aber das Sorgerecht für die Mädchen. Ellie schluchzte zwei Tage lang und fuhr dann nach Aspen, wo sie drei Monate lang in einem Tipi lebte, bis es Winter wurde und sie praktischerweise einen Mann kennenlernte, der eine Eigentumswohnung besaß. Die Kinder zog Tristan allein auf. Er war ungemein stolz auf seine Töchter. Eine war Krankenschwester, die andere Grundschullehrerin. Sie waren gute Mütter, gute Ehefrauen, und er liebte sie sehr, auch wenn er sie nur selten sah. Inzwischen lebten sie in Kalifornien.

Ellie hatte er das letzte Mal bei Sissys Hochzeit getroffen. Sie sah irgendwie wächsern aus. Als Grund vermutete er eine kosmetische Operation. Das stimmte auch. Aber das war noch nicht alles. Nach der Hochzeit erzählte ihm Ruthie, die Krankenschwester, dass sie Ellie in einer Reha-Klinik angemeldet hätte. Beide Mädchen wussten schon seit Längerem von den Drogenproblemen ihrer Mutter, hatten Tristan jedoch aus ihm unerfindlichen Gründen nichts davon gesagt. Offenbar, weil sie ihn schützen wollten. Das konnte er nicht begreifen. Er sollte doch derjenige sein, der *sie* beschützte. Aber die Mädchen verhielten sich sehr fürsorglich ihm gegenüber. Schon sehr früh hatten sie aufgehört, ihm die alleinerziehenden Mütter ihrer Freundinnen vorzustellen. Diesen Bereich seines Lebens schien er von ihnen fernhalten zu wollen. Er hatte Beziehungen gehabt, aber sie waren von keiner großen Bedeutung. Er schien nichts vermisst zu haben.

Doch jetzt war ihm durch wenige Schritte zwischen den Holmen eines Barrens ein inneres Sehnen bewusst geworden, das er nie zuvor in seinem Leben verspürt hatte. Er verlegte den nächsten Stein. Der Mond verschwand hinter den Wolken, aber er arbeitete die ganze Nacht hindurch weiter. Eine Stunde vor Sonnenaufgang war er fertig. Als er aufstand, schmerzte sein Rücken, und seine Knie spürte er kaum noch. Im ersten Grau des neuen Morgens betrachtete er sein Werk. Es war gelungen. Er hatte jeden einzelnen Stein sorgsam ausgewählt und so perfekt verlegt, dass die Fläche bei diesem Licht aussah wie ein graues Satinband. Er stellte sich bereits vor, den Weg in den hinteren Bereich des Grundstücks fortzuführen und die Niveauunterschiede mit Granitplatten auszugleichen.

Er fegte den Sand vom Plattenweg, lehnte seinen Besen gegen die Mauer und beschloss, einen kleinen Spaziergang durch Maggies Garten zu unternehmen. Er war genauso, wie er ihn sich vorgestellt hatte. Es gab die Inselbeete mit Schmuckgräsern, zwischen denen sich jedoch Unkraut breitmachte. Und hinten, in der südöstlichen Ecke, wo die Druiden-Bäume wachten, stand eine moosüberzogene Steinbank. Der Mauerpfeffer wucherte einfach überall. Er konnte nicht widerstehen und griff zu der Felco-Schere, die er stets am Gürtel trug. Aber schon bald erkannte er die Sinnlosigkeit seines Tuns, ging zu den Steins hinüber und holte die große Heckenschere. Bei Sonnenaufgang lag ein kleiner Berg Mauerpfeffer und dorniger Ranken vor der Ostmauer des Gartens, der Mauer, die sich der Trennmauer zum Grundstück der Steins gegenüber befand.

Er wünschte, er hätte den Steins nicht versprochen, mit ihnen an diesem Morgen zu ihrem Ferienhaus auf Nantucket zu fliegen. Sie erwogen, ein angrenzendes Grundstück zu kaufen, und wollten, dass er sich einen Überblick über die Erosionen am Strand verschaffte und sich erste Gedanken über die Gestaltung des Geländes machte. Sie hatten vor, über Nacht zu bleiben. Er ursprünglich auch. Aber nun würde er sich eine Ausrede für den Rückflug einfallen lassen. Doch vor Abend könnte er kaum zurück sein, und damit entging ihm Maggies Überraschung, wenn sie die neugepflasterte Fläche entdeckte.

Um halb acht fuhr der Chauffeur mit dem Lincoln vor, um sie zum Hanscom Field zu bringen, wo das Flugzeug wartete.

SIEBTES KAPITEL

Wick

> Die besten Wege weisen zwei Wesenszüge auf: Sie führen zu einem Punkt, an dem man die bereits zurückgelegte Strecke ebenso überblicken kann wie die, die noch vor einem liegt.
> JULIE MOIR MESSERVY Contemplative Gardens

»Jetzt müssen wir erst einmal etwas essen. Hoffentlich verspätet Fran sich nicht. Gestern nachmittag haben wir gebadet? Mit Suzys Hilfe, richtig?«

»Falsch.« Überrascht sah Mrs. Allen Maggie an. O Gott!, dachte Maggie. Erstmals seit langer Zeit hatte sie wieder den Fehler begangen, genau das Gegenteil von dem auszusprechen, was sie sagen wollte. »Nein, nein, nein.« Verunsichert verstummte sie. Sie hatte sich in einem Netz von Verneinungen verhaspelt, während sie doch versichern wollte, ja, Suzy war ihr beim Baden behilflich gewesen. Sie begann noch einmal von vorn und brachte die Worte sehr langsam und bedacht über die Lippen. Es kam ihr so vor, als bereite sie eine kleine Rampe vor, von der sie die richtige Antwort abschießen konnte. »Ich wollte vielmehr sagen, dass Suzy mich gestern nachmittag gebadet hat, Mistress Allen.«

»In Ordnung. Aber nun frühstücken Sie erst einmal.« Sie griff zum Löffel und begann Maggie den Joghurt mit Fruchtstücken, den sie fast jeden Morgen zu sich nahm, in den Mund zu schieben. Eigentlich sollte Mrs. Allen sie nicht füttern. Maggie sollte versuchen, ihr Frühstück selbständig mit speziellen Löffeln und Gabeln zu essen, so wie es die Beschäftigungstherapeutin ihr beigebracht hatte. Aber an den Tagen, an denen Fran kam, hatte es Mrs. Allen immer entsetzlich eilig.

Maggie betrachtete ihr linkes Bein. Während des Tages trug sie eine leichte Fußschiene. Dieses Bein war dünner als ihr rechtes, und sie hatte weniger Gefühl darin, aber es war nicht so schlimm wie bei ihrem Arm. Fran, die andere Physiotherapeutin, die jetzt nur noch einmal in der Woche kam, würde kurz nach dem Frühstück erscheinen, um mit ihr eine Reihe von Übungen zur Kräftigung ihrer linken Körperhälfte durchzuführen. Maggie hasste die Tage mit Fran. Die Übungen waren anstrengend und mitunter schmerzhaft, aber das Schlimmste war, dass Mrs. Allen an diesen Tagen immer schlechte Laune hatte, weil sie nicht schnell genug fortkonnte. Sie hetzte Maggie durch ihr Frühstück und machte keinen Hehl aus ihrer Ansicht, dass sie es nicht für richtig hielt, dass Suzy an den Fran-Tagen ein wenig später kam.

Mrs. Allen nervte Maggie, und sie fragte sich, ob es nicht eine Möglichkeit gab, sie zu entlassen. Sie machte das Abendessen, blieb die Nacht über und bereitete das Frühstück zu. Das brachte weitere ärgerliche Seiten an Mrs. Allen zum Vorschein. Ginge es nach ihr, würde

Maggie um halb fünf nachmittags ihr Abendessen bekommen und um sieben im Bett liegen. Ständig ließ sie sich darüber aus, dass sie diese Aktivitäten möglichst früh angehen müssten, weil »Sie wissen, Mistress Welles, wie lange wir brauchen, Sie die Treppe hinaufzuschaffen, zu baden und zu Bett zu bringen«. Suzy war sehr viel netter als Mrs. Allen. Wenn doch nur Suzy ihre Nachtpflegerin sein könnte, aber das war nicht möglich. Erneut fragte sich Maggie, wie lange sie eigentlich noch eine Nachtschwester brauchen würde.

Zwanzig Minuten später war Fran da und begann mit den Übungen. Sie hob Maggies schlaffen Arm an und rammte ihn ihr immer wieder schmerzhaft in die Schulter. Das nannte sie Kompression. Ziel der Übung war, im Gehirn einen Impuls auszulösen, der die Schulter veranlasste, ihre Funktionen wieder aufzunehmen. Das Hauptproblem eines bewegungsunfähigen Arms bestand, wie man ihr wieder und wieder erklärt hatte, darin, dass sich das Schultergelenk buchstäblich auflöste, wenn er zu lange schlaff herabhing. Etliche Monate lang hatte Maggie den Arm in einer Schlinge getragen, um das zu verhindern. Nachdem sie den Arm zehn Minuten lang malträtiert hatte, legte Fran Maggie flach auf eine Bodenmatte. Jetzt unterzog sie ihr linkes Bein einer Reihe von Bewegungsübungen. In der folgenden Stunde wurde jeder einzelne Körperteil von Maggie gedehnt, gezogen, gestreckt und gedreht. Als Fran von ihr abließ, war sie schweißgebadet.

»Wie wäre es mit einer kleinen Barrenübung, Mistress Welles?«

»Sehr gern.«

Überrascht riss Fran die Augen auf.

»Aber das würde ich gern im Garten machen. Wie gestern nachmittag mit Suzy. Es war wundervoll. Suzy wird Ihnen helfen, den Barren hinauszubringen.« Sie konnte es kaum erwarten und fragte sich, ob Tristan auch heute im Garten der Steins arbeitete. Würden wieder Bäume über den Himmel gleiten? Würde er herüberkommen, um sie zu sehen? Vielleicht könnte Suzy sie ein wenig frisieren. Großer Gott, vermutlich roch sie nach Schweiß.

Fünf Minuten später kam Suzy aufgeregt ins Haus zurückgestürmt. »Mistress Welles, Mistress Welles! Sie werden einfach nicht glauben, was da draußen geschehen ist! Sie werden Ihren Augen nicht trauen!«

»Was gibt es denn?«

Suzys Gesicht war vor Erregung gerötet. Ihre dunklen Augen blitzten. »Kommen Sie mit hinaus. Vermutlich soll es eine Überraschung sein. Ich verrate nichts.«

Sie schoben sie im Rollstuhl zur Küchentür hinaus und über die Rampe in den Garten. Als sie die Rhododendronsträucher an der Hausecke umrundet hatten, sagte Suzy leise: »Okay.« Maggie beugte sich leicht im Rollstuhl vor. Sie legte ihre rechte Hand auf das puddingweiche linke Knie. »Was i ... ist ...?« Ihr stockte der Atem. Vor ihr lag eine Fläche wundervoller Steine, und so perfekt verlegt, wie sie es noch nie gesehen hatte. Und der Garten wirkte sehr viel offener, luftiger. Und was war denn das da? Eine kleine Gruppe *Allium cernuum minor* wiegte die Blütenköpfe im lichten Schatten. Seit drei Jahren hatte sie die nicht mehr erblickt. Mit ihren grazilen Blütenstielen sahen sie aus wie eine Schar Schwäne mit langen Hälsen und geneigten Köpfen. Sie waren zurückgeschwommen! Aber es war der Plattenweg, der sie anlockte. Winkte. Rief. Die Schwere in ihren Gliedern schien sich aufzulösen. Irgend etwas regte sich in ihr. Wie hatte Nan immer gesagt? »Wick, er ist ›wick‹.« Man schnitt mit einem kleinen Messer eine Kerbe in einen totaussehenden Ast oder Zweig, und entdeckte man in ihm etwas Grünliches, eine Art Saft, so wusste man, dass er noch nicht abgestorben war. Er war »wick«!

»Helfen Sie mir!«, befahl Maggie.

Suzy drehte sich um und griff nach dem Laufgerät. »Helfen Sie sich selbst«, gab Suzy zurück. Erstaunt hob Fran die Brauen.

Die Kommandos von Fran und Suzy drangen abwechselnd in Maggies verwirrtes Hirn. »Strecken Sie den gesunden Arm aus … Konzentrieren Sie sich … Zählen Sie bis drei … Stützen Sie sich auf Ihr gesundes Bein … Okay, zählen Sie bis drei und holen Sie tief Luft. Jetzt!!« Sie konnte es. Sie hatte es gestern Abend schon einmal geschafft, als sie das Bett verlassen und sich zum Fenster bewegt hatte. Das also war der Grund für die geheimnisvollen nächtlichen Geräusche gewesen.

Aufrecht und sicher stand sie im schützenden Rahmen des Laufgerätes. Suzy und Fran kreischten vor Begeisterung. »O-mein-Gott! Elsie wird außer sich geraten. Sie wird es einfach nicht glauben!«

Maggie hörte sie gar nicht. So unwiderstehlich wie Eisenspäne von einem Magneten fühlte sie sich von der Steinfläche angezogen. Sie spürte seinen Atem in ihrem Nacken, fühlte seine Hand, die die ihre auf dem Holm weiterschob. Plötzlich spürte sie etwas Feuchtes. Vor ihren Augen verschwamm es, und sie schmeckte das Salz der Tränen, die ihr über die rechte Wange liefen.

»Ich habe es geschafft«, sagte sie leise. Suzy und Fran nahmen ihr das Laufgerät fort. Sie legte die Hände auf die Holme und blickte nach unten. Eine Seelilie! Er hat mir eine Millionen Jahre alte Seelilie geschenkt!

»Wer war das?«, fragte Fran. »Wer hat das getan?«

»Keine Ahnung«, erwiderte Maggie mit einer Stimme, die so schlaff klang, wie sich ihr Arm anfühlte.

Aber wo war er? Sie hörte Geräusche hinter der Mauer. Wo blieb Tristan? Wie konnte er ihr dieses wundervolle Geschenk machen und fernbleiben? Wie mysteriös das alles doch war.

Langsam lief sie auf und ab. Zehn-, zwanzig-, dreißigmal.

Fran war längst gegangen. Mit keinem Wort hatte Maggie Fran oder Suzy gegenüber die Fossilien erwähnt. Sie fand es seltsam, dass sie ihnen nicht aufgefallen waren. Zunächst hatte sie die beiden darauf hinweisen wollen, überlegte es sich aber anders. Sie empfand große Dankbarkeit. Es war, als hätten sie ein Geheimnis miteinander. Das Wissen um die Fossilien gehörte ihnen allein, und darin klang etwas von der Vertrautheit wider, der unglaublichen Vertrautheit, die sie auf ihrem gemeinsamen Gang zwischen den Barrenholmen verspürt hatte.

Er würde wiederkommen. Das wusste sie ganz sicher.

Und eine neue Gewissheit begann sie zu erfüllen. Nach dem Schlaganfall konnte ihre Welt, ihre Umgebung, bestenfalls als dem Zufall überlassen bezeichnet werden. Alles war so willkürlich gewesen. Maggie hatte sich der Gnade des Schicksals auf eine Art ausgeliefert gefühlt, die an Grausamkeit grenzte. Jetzt schien die Welt zum ersten Mal seit vielen Monaten wieder berechenbar. Sie konnte eine Richtung und ein Ziel erkennen. Ein Plan begann sich in ihrem Kopf zu formen. Sie würde sich nicht mehr nur auf das Formulieren von Worten konzentrieren, sondern auf etwas sehr viel Größeres. Auf eine Reihe aufeinanderfolgender Handlungen. Zunächst einmal musste sie herausfinden, wer auf ihrer Seite war, auf wen sie sich wirklich verlassen konnte. In diesem Moment klingelte das Telefon. Suzy ging an den Apparat. »Für Sie, Mistress Welles. Es ist Ceil. Wollen Sie mit ihr sprechen?«

Am liebsten hätte sie abgelehnt. Gerade, wenn man

dabei war, sich ein klareres Bild zu verschaffen, die Guten von den Bösen zu sondern, erinnerte einen die Realität daran, dass die Welt so simpel nun doch nicht war. In welche Kategorie gehörte Ceil eigentlich, zu den Bösen oder den Guten? Sie hoffte, Suzy hatte ihr nicht von den Platten erzählt. Sie wollte nicht, dass ihre Tochter allzu neugierig wurde. Maggie verabscheute es, Geheimnisse vor ihren Kindern zu haben. Wirklich? Was für eine Lügnerin sie doch war! Als sie nach dem Hörer griff, erkannte Maggie zum ersten Mal, dass sie Geheimnisse liebte – geheime Gedanken, verschwiegene Ecken in ihrem Leben – einen geheimen Plattenweg, den ein Phantom-Steinmetz geschaffen hatte. Aber natürlich war das nicht die Art von Geheimnissen, denen man sich in dieser Familie hingab. Bei denen ging es darum, Lillets heimlich mit Wodka anzureichern oder so zu tun, als wäre alles in Butter, während ihre Lebern anschwollen und ihre Nasen zunehmend aus der Form gerieten. Nein, im Allgemeinen dienten die Geheimnisse der Familie Welles dazu, sich selbst und anderen etwas vorzumachen. Maggie legte keinen Wert darauf, anderen etwas vorzumachen, und konnte nur hoffen, dass sie sich nicht selbst etwas vormachte. Sie legte die Hand über die Muschel und flüsterte: »Von dem Plattenweg werde ich ihr noch nichts sagen.« Suzy nickte.

»Hello, Ceil, w … was gibt es?«

»Ich überlege gerade, ob ich dir nicht einen kleinen Besuch abstatten soll.«

»Ich dachte, du wolltest mit Gordon zu dieser Benefizveranstaltung.«

»Oh, er hat noch zu tun, und allein wollte ich nicht gehen.« Wenn sie ohne Gordon irgendwo hinging, bestand immer die Gefahr, dass sie zuviel trank, sich aber dennoch ans Steuer setzte. Maggie fühlte sich hin- und hergerissen. Es tat ihr leid, dass Ceil allein zu Hause war. In letzter Zeit hatte Gordon häufiger unter dem Vorwand, länger arbeiten zu müssen, Verabredungen in letzter Minute abgesagt. Sehr gut möglich, dass er eine andere gefunden hatte, eine die nüchterner und attraktiver war. Sie hatte es nie abgelehnt, Ceil zu sich einzuladen. Jetzt kam ihr eine Idee. Vielleicht könnte Ceil Mrs. Allen vertreten, die in Kürze eintreffen musste. Damit hätte Ceil etwas Konkretes zu tun: Statt einer Cocktailstunde würde es eine Badestunde werden. »Nun, warum kommst du nicht und hilfst mir anstelle von Mistress Allen beim Baden? Ich kann die alte Schachtel nicht ausstehen.« Ceil lachte.

Vielleicht erwies sich das als zweiter Schritt zur Verwirklichung ihrer Pläne: Mrs. Allen loszuwerden, die um sechs erscheinen und alles daransetzen würde, Maggie gegen halb acht, spätestens aber um acht abgefüttert im Bett zu haben. Das widersprach Maggies Vorstellungen. Sie dachte an eine Flasche Louis Jadot Beaujolais Village. Ceil könnte eine große Hilfe sein, dennoch würde sie ihr Geheimnis wahren, selbst wenn sie lügen musste.

»Suzy?«, rief Maggie.

»Ja, Mistress Welles?«

»Würden Sie bitte eine Flasche Louis Jadot Beaujolais Village aus dem Keller holen, bevor Sie gehen? Ceil kommt, um mir beim Baden zu helfen. Und sagen Sie Mistress Allen bitte, dass ich heute Abend im Garten essen möchte, und das nicht vor halb acht?«

»Gut, Mistress Welles. Und wenn Ceil Sie badet, werde ich Ihr Abendessen zubereiten, damit Mistress Allen es nur noch aufzuwärmen braucht. Das wird ihr gefallen.«

»Nun, bei Mistress Allen weiß man nie, woran man ist, oder?«

Suzy verzog das Gesicht. »Damit haben Sie vermutlich recht.«

»O Mom, dir geht es schon sehr viel besser als noch vor einem Monat.« Ceil geleitete ihre Mutter in die Duschkabine und half ihr dabei, sich auf einen Hocker zu setzen. »Das merke ich, wie du meinen Arm umfasst. Fester, sicherer.«

»Nun, es wird auch höchste Zeit«, murrte Maggie. Komisch, dass sie heute abend keine Bedenken hatte, sich ihrer Tochter nackt zu zeigen. Sonst empfand sie stets so etwas wie Scham.

»Okay, ich werde den Schlauch mit der Brause halten, und du kannst dich abseifen«, sagte Ceil.

»Ja, das schaffe ich inzwischen allein. Aber du musst

mir den Schwamm reichen, spritze erst ein bisschen Duschgel darauf.«

»Im Grunde ist es doch erstaunlich, welche Hilfsmittel sie für Schlaganfallpatienten entwickeln.«

»Die Haare bleiben natürlich ein Problem; es sei denn, man schneidet sie einfach ab.«

»Kommt gar nicht in Frage, Mom. Du hast wundervolle Haare, wie Kupfer.«

»Wie ziemlich stumpfes Kupfer, meinst du wohl. Fahl und fade.«

»Komm, ich werde versuchen, dich zu frisieren.«

»Würdest du mir den Gefallen wirklich tun, Liebes?« Fast hätte sie hinzugefügt, dass sie Besuch erwartete, hielt sich aber rechtzeitig zurück. »Die meiste Zeit komme ich mir vor, als hätte ich ein totes Eichhörnchen auf dem Kopf.«

»Deine Haare sehen überhaupt nicht stumpf oder fade aus. Sie sind sehr dicht und wunderschön mit den grauen Strähnen. Man denkt an eine Sonne, die hinter Wolken untergeht.« Ceil fuhr ihrer Mutter mit den Fingern durch die Haare. Beide sahen in den Spiegel der Frisierkommode.

»Du solltest Kitschromane schreiben, Ceil.« Sie lachten. Doch dann sah Maggie im Spiegel etwas, was sie erschreckte. Warum war ihr Mund noch immer so entsetzlich schief? Und Ceil sah plötzlich so jung aus. Nie hatte sie feststellen können, dass Ceil ihr ähnlich sah, aber einen Augenblick lang erkannte sich Maggie in ihrer Tochter wieder. Mit dem Lachen war alles Aufgeschwemmte aus Ceils Zügen verschwunden. Ihr Gesicht zeigte wieder kindlich runde Konturen. Sie hätte Maggie vor fünfzig Jahren sein können, als sie mit zerschrammten Knien und fliegenden Zöpfen auf Rollschuhen die Warren Street hinunterflitzte. Aber diese Maggie gab es nicht mehr. Es kam ihr wie ein grausamer Scherz vor, dass eine Verschwörung von Optik, Licht und Lachen diese Ähnlichkeit auf das vom Alkohol aufgedunsene Gesicht ihrer Tochter gezaubert hatte. Und um alles noch schlimmer zu machen, wurde dieses Bild auch noch von dem ihrer seltsam kichernden Mutter flankiert, deren Gesicht von einem skelettähnlich offenstehenden Mund verzerrt wurde.

Sie wurde still, als Ceil ihr die Haare aufsteckte. Am liebsten hätte sie die Augen geschlossen, um sich nicht ansehen zu müssen. Auf einmal kam ihr ihr kleines Geheimnis wie eine Schimäre vor. Aber den Plattenweg im Garten gab es. Daran bestand kein Zweifel. Tristan hatte diesen Weg verlegt. Er würde wiederkommen. Plötzlich sehnte sie sich danach, allein zu sein. Sie wollte sich unbeobachtet anschauen. Sie wollte an ihr Geheimnis glauben können.

»Musst du nicht gehen, Liebes? Du warst mir eine große Hilfe. Das hast du großartig gemacht.« Sie befühlte den Sitz ihrer Frisur, ihre Augen vermieden jeden Blick in den Spiegel.

»So spät ist es doch noch gar nicht, Mom.«

»Tante Aldena hat sich angesagt.«

»Tante Aldena? Sie kommt hierher?«

»Nun, wenn ich sie lange genug am Telefon reden lasse, kann das vielleicht einen Besuch verhindern.« Maggie log natürlich, dass sich die Balken bogen, aber wenn sie Ceil loswerden wollte, brauchte sie nur anzudeuten, dass sich Aldena irgendwo im Umkreis von zehn Blocks befand. Ceil konnte Tante Aldena mit ihrem unaufhörlichen Gerede und den versteckten Anspielungen nicht ausstehen. Maggie ging es nicht viel anders, aber sie empfand ihrer Schwägerin gegenüber eher Mitleid als Verärgerung. Sie war mit Adams' Bruder Randall verheiratet, einem unverbesserlichen Schürzenjäger.

»Meine Güte, Mom, ein Schlaganfall sollte dich wirklich vor Tante Aldenas Besuchen verschonen.«

Maggie lächelte. In gewisser Weise war Ceil durchaus liebenswert. Sie tätschelte die Hand ihrer Tochter. »So schlimm ist sie nun auch wieder nicht.« Wieder lächelte sie. Das Geheimnis begann erneut in ihr zu glühen. Sie wurde von Minute zu Minute verlogener. »Wenn man älter wird, machen einem derlei Dinge nicht mehr so viel aus.« Was für ein Unfug, dachte sie. Aldena geht mir entsetzlich auf die Nerven.

»Also gut, Mom.« Ceil beugte sich über sie und küsste sie zum Abschied auf die Wange. »Soll ich Suzy beim Hinausgehen noch irgend etwas sagen?«

»Nein, mein Schatz. Es ist alles besprochen. Die reizende Mistress Allen müsste eigentlich jeden Augenblick hier sein.«

Sobald sie unten die Haustür ins Schloss fallen hörte, wandte sich Maggie wieder dem Spiegel zu. Hing ihre linke Gesichtshälfte nicht noch immer ein bisschen nach unten durch? Fran und Elsie behaupteten beide, die Gesichtsmuskeln hätten ihre Funktionen bereits hundertprozentig wieder übernommen. Maggie war sich da nicht so sicher. Sie versuchte ein kleines Lächeln. Es sah gar nicht so schlecht aus. Es hatte eine Zeit gegeben, vor einigen Monaten, als sie sich ganz sicher war, ihr Lächeln würde ihr nach links vom Gesicht rutschen. Jetzt war da nicht die geringste Verzerrung zu sehen. Mit der rechten Hand verrieb sie ein wenig Rouge auf den Wangen. Dann trug sie grünen Lidschatten auf – er ließ ihre Augen noch intensiver leuchten.

Lippenstift lehnte sie ab. Sie hatte stets nur ein farbloses Gloss aufgetragen. Rothaarige wirkten zu leicht angemalt. Aber konnte sie sich noch als Rothaarige bezeichnen? Sie war zwar noch nicht allzu grau, konnte bei ihren Haaren aber keine Ähnlichkeit mit dem Sonnenuntergang hinter Wolken erkennen, von dem Ceil gesprochen hatte. Irgendwie hatten ihre grauen Strähnen das Rot ihrer Haare gedämpft, leblos gemacht. Das ist es, dachte sie, leblos, verblichen. »Ich sehe ja aus wie ein Geist«, flüsterte sie dem Spiegel zu. Plötzlich kam ihr ein seltsamer Gedanke: Angenommen, sie verblich ganz, schwand einfach dahin, und der Spiegel bliebe leer zurück. Hieß das, dass sie ein Vampir geworden war? Vampire warfen doch kein Spiegelbild, oder? Wenn ein Vampir in den Spiegel schaute, blieb der leer. Sie lachte. Ah, da war ein Hauch Farbe. Ihre Augen leuchteten grün, wenn sie lachte. Aber sie hatte nicht sehen können, ob auch diesmal dieser grässliche kleine Totenkopfmund ihr Gesicht verzerrte. Vielleicht wäre es ihr egal gewesen, dennoch hatte sie bereits die Hand gehoben, um ihren Mund zu bedecken.

Als sich das Taxi mit Tristan Mallory über den Storrow Drive auf Cambridge zubewegte, dachte er nur an eines: an Maggie Welles' Nacken. Doch in der Nähe der Larz-Andersen-Bridge fiel ihm die besorgniserregende Schnelligkeit auf, mit der es dunkel wurde. Nicht für jeden besorgniserregend natürlich, wohl aber für den Verehrer einer Hemiplegtikerin. Zweifellos hatte sie den Garten bereits verlassen. Sollte er an ihre Tür klopfen? Aber dann erinnerte er sich daran, dass sie wenige Tage zuvor mit der Physiotherapeutin am Barren geübt hatte, obwohl es regnete. Was machte im Vergleich dazu schon ein wenig Dunkelheit aus? Aber war die Physiotherapeutin abends auch noch bei ihr? Wer sorgte eigentlich nachts für sie? Konnte sie sich ohne Hilfe ausziehen und zu Bett begeben? Bei diesem Gedanken verspürte er leichte Panik.

»Was?«, schrie Mrs. Allen.

Man hätte annehmen können, ihr wäre von Suzy mitgeteilt worden, dass sie ein Nachbarkind geköpft hatten und Mrs. Welles es gebraten zum Abendessen verspeisen wollte. »Was? Um sieben Uhr im Garten? Das geht mit Sicherheit zu weit!«

Schon beim ersten Aufkreischen von Mrs. Allen hatte sich Maggie vom Sessel im Ankleidezimmer erhoben und mit dem Laufgerät auf den Flur hinausbewegt. Sie hörte sie unten weiterstreiten.

»Ich glaube, sie wünscht es sich sehr, Mistress Allen. Ist es denn wirklich zuviel verlangt, wenn sie im Garten essen will? Es ist ein so schöner Abend.«

»Ja, es ist zuviel verlangt. Sie haben doch keine Ahnung, Sie …«

Maggie hörte vom oberen Treppenabsatz aus zu. Sie war es endgültig leid. Sie würde sich von Mrs. Allen trennen – notfalls noch heute. Und plötzlich fiel ihr die Lösung ein, auf die sie schon Wochen zuvor hätte kommen können. Sie konnte im Erdgeschoss schlafen. Ohne Probleme, denn in der Bibliothek stand eine Schlafcouch, und neben der Bibliothek gab es ein Bad: Alles wäre sehr viel einfacher. Sogar so einfach, dass sie Mrs. Allen nie wieder brauchen würde. Alles konnte sich zu ebener Erde abspielen. War es nicht die Treppe gewesen, über die sich alle so große Sorgen gemacht hatten? Allerdings war es im Winter in der Bibliothek ein bisschen kalt. Vermutlich hatte sie deshalb bisher nie an sie gedacht. Aber jetzt herrschte Frühling, und bald würde es Sommer werden.

Obwohl das Laufgerät für die Treppe nicht zu benutzen war, verlangte es offenbar eine dem Stufensteigen vergleichbare Koordination. Man traute ihr die Bewältigung der Stufen nicht zu, bevor sie den Dreh mit dem Laufgerät raus hatte. Nach ihrem Schlaganfall hatte sie den Treppenlift benutzt, der kurz vor ihrer Rückkehr aus dem Krankenhaus eingebaut worden war. Er brachte sie zum oberen Absatz, und von dort waren es nur noch drei Stufen, bei deren Bewältigung ihr Suzy oder Mrs. Allen halfen. »Stufen brauchen Sie nicht zu ergrimmen, hinauf mit dem gesunden, hinab mit dem schlimmen.« Es war Mrs. Allen, die sie ergrimmte ...

»Suzy«, rief Maggie über die Treppe hinunter.

»Sie sind da oben auf dem Treppenabsatz, Mistress Welles?«, fragte Mrs. Allen überrascht.

»So ist es. Habe jedes Wort gehört.«

»Himmel! Nun, ich wollte nur ...« Sowohl Mrs. Allen als auch Suzy kamen die Stufen heraufgeeilt und zeigten sich überrascht, von Maggie in ihrem Laufgerät begrüßt zu werden. Keineswegs würde sie sich ihre Verärgerung anmerken lassen oder Mrs. Allen einen Hinweis auf ihre bevorstehende Entlassung geben. Maggie bezweifelte keinen Moment, dass Mrs. Allen zu diesen sattsam bekannten Peinigerinnen älterer oder pflegebedürftiger Menschen gehörte. Vor den Verwandten von scheinheiliger Freundlichkeit, aber höchst erfindungsreich im Austeilen versteckter Foltermaßnahmen gegenüber ihren Opfern – vom gelegentlichen Mopsen des Tafelsilbers ganz zu schweigen.

»Heute schlafe ich in der Bibliothek«, erklärte Maggie. »Und so werde ich es künftig immer halten. Es ist nur vernünftig.«

»Tatsächlich?« Mrs. Allens Miene spiegelte Erschrecken wider. Ganz so, als ahnte sie, dass ihr Job auf dem Spiel stand.

»Aber natürlich!«, mischte sich Suzy ein. »Warum ist uns das nicht schon früher eingefallen? Allerdings befinden sich alle Ihre Sachen oben und …«

»Machen Sie sich darüber keine Gedanken, Suzy. Von der Bibliothek aus kann ich in den Garten blicken – in das, was davon noch übrig ist, dennoch finde ich den Anblick sehr erholsam. Und da ich inzwischen sehr viel besser mit dem Laufgerät zurechtkomme, möchte ich mich unten aufhalten. Sie helfen mir doch morgen beim Umziehen, Suzy? Und vielleicht können Sie heute ein paar Minuten länger bleiben, um mir das Notwendigste für die Nacht herunterzuholen?«

»Aber selbstverständlich. Ich finde Ihre Entscheidung ganz großartig.«

»Und Mistress Allen, Sie b … b … b …« Maggie geriet ins Stottern. Konzentriere dich auf das, was du sagen willst, ermahnte sie sich. Aber das war gar nicht so leicht, wenn man log. »Sie brauchen nicht zu lügen … mir das Essen im Garten zu servieren, meine ich. Ich kann sehr gut in der Bibliothek essen, von dort aus habe ich einen sehr schönen Blick in den Garten.«

»Aber hier unten gibt es doch keine Schlafmöglichkeit für mich, oder?« Etwas penetrant Klagendes klang in Mrs. Allens Stimme mit.

Und das ist gut so, dachte Maggie. »Ich habe doch die Rufanlage. Die funktioniert überall. Falls ich Sie brauche, werde ich Sie rufen.«

»Und was ist, wenn Sie mitten in der Nacht aufs Töpfchen müssen?«

Gott, wie sie diese Frau hasste! »Dann gehe ich allein aufs Töpfchen«, verkündete Maggie. »Hier unten ist das Bad sogar näher als oben.«

»Nun, ich weiß nicht recht …« Nachdenklich kratzte sich Mrs. Allen den Kopf.

Inzwischen kam Suzy mit einem Arm voller Bettzeug aus dem Schlafzimmer. »Eine brillante Idee. Es wird mir immer unbegreiflich bleiben, warum uns das nicht schon früher eingefallen ist.«

»Ich bin mir gar nicht sicher, ob das eine so gute Idee ist. Ich denke, ich sollte Ceil oder Adams anrufen.«

Verdutzt sahen Maggie und Suzy Mrs. Allen an. Maggie spürte so etwas wie Panik in sich aufsteigen. Sie musste sich von dieser Frau befreien. Doch das ganz ruhig und überlegt. Diese Mrs. Allen war eine Despotin, eine echte Despotin! Bei der geringsten Veränderung ihres Reiches, ihrer Einflusssphäre, fühlte sie sich persönlich bedroht.

»Das würde ich an Ihrer Stelle nicht tun«, sagte Maggie.

»Was wollen Sie damit sagen?«, fauchte Mrs. Allen.

»Ceil und Adams haben mir neulich vorgeschlagen, Sie zu ersetzen.«

»Was? Was sollte sie dazu bewogen haben?«

»Sie glauben wohl, eine bessere Pflegerin gefunden zu haben, aber ich bin mir nicht sicher. Ich habe ihnen gesagt, dass ich im gegenwärtigen Moment keine Veränderung meiner Lebensumstände gebrauchen kann.«

Mrs. Allen nickte, als hätte Maggie eine immens vernünftige Entscheidung getroffen. Maggie legte eine kleine Kunstpause sein. »Stimmen Sie mir da nicht zu?«

Mrs. Allen nickte noch heftiger.

Maggie aß in der Bibliothek zu Abend, und etwa eineinhalb Stunden später, wenige Minuten, nachdem Mrs. Allen ihr beim Zubettgehen geholfen hatte, hörte Maggie die Treppenstufen knarren.

»Ich bin es nur«, rief Mrs. Allen. »Ich habe mein Strickzeug vergessen. In der Küche.« Maggie lächelte in sich hinein. Irgendeine Ausrede gab es immer: War es nicht ihr Strickzeug, dann der *Herald* oder der *T. V. Guide.* Seit Monaten wusste Maggie, dass sich Mrs. Allen an den Schnapsvorräten verging. Sie bevorzugte Brandy und füllte ihn mit Wasser auf. Wenn die Farbe zu blass wurde, griff sie zu einer anderen Flasche. Aber sie war keine Wodkatrinkerin. Lucky oder Ceil wären ihr auf die Schliche gekommen. Wenn sie gegen Mitternacht im Schlafzimmer erschien, um Maggie auf die Toilette zu begleiten, umwaberte sie stets eine Fahne. Jetzt konnte sie es sich mit ihrem Schnaps vor dem Fernseher gemütlich machen. Den Wecker brauchte sie sich nicht zu stellen, denn Maggie hatte ihr versichert, sie könne allein auf die Toilette gehen. Tief befriedigt bereitete sich Mrs. Allen auf einen brandybenebelten Schlaf vor dem Fernseher vor, den sie selten abschaltete, lag sie erst einmal im Gästezimmer im Bett.

Alles verläuft ganz nach Plan, dachte Maggie. Morgen würde sie ihren Anwalt David Webber anrufen und ihn damit beauftragen, Mrs. Allen zu kündigen. Oder genauer: Dave würde Adams beauftragen, ihr zu kündigen, denn Adams tat alles, was Dave ihm sagte, da er das Familienvermögen verwaltete und Adams mehr als einmal aus einer Klemme herausgeholfen hatte. Keins ihrer Kinder war ein finanzielles Genie.

Maggie lag im Bett, hatte aber ihr spärliches Make-up nicht entfernt. Sie hatte Suzy gebeten, ihre perlgrauen Hosen, eine weiße Seidenbluse und ihren Lieblingsschal aus jadegrünem Cashmere herunterzubringen – Dinge, die sie ohne Hilfe anziehen konnte. Sobald sie Mrs. Allen die Treppe wieder hinaufgehen hörte, griff sie nach den Hosen, die auf dem Bettende lagen.

Maggie brauchte vierzig Minuten zum Anziehen, und es strengte sie so an, dass sie sich für ein paar Minuten hinlegen musste. Aber sie hatte keine Eile. Die

Sonne war zwar vor rund einer halben Stunde untergegangen, doch es war noch nicht ganz dunkel. Die Weinflasche hatte sie in den Drahtkorb des Laufgeräts gestellt.

Noch immer zweifelte sie keine Sekunde an Tristans Erscheinen. Die Türen der Bibliothek führten direkt auf die Terrasse, und von dort waren es nur knapp zehn Meter bis zur Rampe in den Garten.

Erschöpft, aber glücklich, erreichte Maggie den hinteren Sitzplatz unter der Blutbuche. Als sie noch glaubte, im Garten zu essen, hatte sie Suzy gebeten, dort einen kleinen Tisch und einen Stuhl aufzustellen. Schweratmend setzte sie sich auf den Stuhl. Es war ihr unmöglich, die Weinflasche zu öffnen. Aber es gelang ihr, sich die Bluse zuzuknöpfen, eine der wenigen ohne Klettverschlüsse, die ihr geblieben waren. Sie trug keinen BH, das Hantieren mit ihm wäre zu kompliziert gewesen. Seltsam, aber jetzt, im Halbdunkel, kam es Maggie vor, als sähe sie den Garten zum ersten Mal, mit Sicherheit jedoch auf eine Weise, wie er sich bei vollem Tageslicht nie präsentierte. Er wirkte schemenhaft grau und geisterhaft. Und eine Stille lag über ihm, als hätten selbst die Vögel ihn verlassen. Ein Rankengewirr von wildem Wein, Immergrün und Efeu hing wie massive Spinnweben von den Bäumen. Von der Grenzmauer am Stein-Grundstück waren die ärgsten Kletterer zwar zurückgeschnitten worden, aber die gegenüberliegende

Wand sackte unter der Last der Glyzinien fast zusammen. Die Kletterrosen hatten die Pergola in der südöstlichen Ecke des Gartens derart überwuchert, dass sich das zierliche Holzgitterwerk bedenklich neigte. Die Ranken waren so dicht, dass sie nur oben, an der Vorderfront, eine kleine Öffnung ließen. Wie das Lächeln eines Toten, dachte sie. Maggie fühlte sich niedergeschlagen, und Melancholie überkam sie.

Hatte sie nicht vor wenigen Jahren unter der Blutbuche massenhaft weiße Astilben gepflanzt? Was war geschehen? Wurzelfäule? Blattfleckenkrankheit? Nematoden? Milben? Rost? Tränen liefen über Maggies Wangen. Es wurde ihr nicht bewusst, dass sie zum ersten Mal seit ihrem Schlaganfall auch mit dem linken Auge weinte.

ACHTES KAPITEL

Nachtgarten

> Am Abend werden Pflanzen munter. Sie bleiben die ganze Nacht hindurch geschäftig, denn das ist die Zeit, in der sie wachsen. Tagsüber von der Sonne produzierte Nährstoffe werden in der Dunkelheit mobilisiert und zur Schaffung neuer Zellen genutzt.
>
> Stephen Dalton The Secret Life of a Garden

»Warum weinen Sie, Maggie?«

»Oh …«. Sie hatte ihn gar nicht gehört. Verunsichert schlug sie die Hand vors Gesicht. Das war doch zu dumm. Warum hatte sie ihren Gefühlen nur freien Lauf gelassen? Dass er sie so sah! Sie kam sich unendlich töricht vor.

Langsam streckte er den Arm aus und zog ihr sanft die Hand vom Gesicht. Ihre Beklommenheit schwand.

»Ich weine«, begann sie langsam, »weil früher unter der Blutbuche große Mengen von *Astilbe grandis* gestanden haben, und die Laube da hinten, die jetzt von abgestorbenen Rosentrieben überwuchert ist, einmal ausgesehen hat wie ein Stück Milchstraße mitten in meinem Garten.« Sie verstummte und schluckte. »Aber damit sollte ich Sie nicht belasten. Sie haben die Steine verlegt, nicht wahr? Und den Mauerpfeffer entfernt?«

Sie machte eine Kopfbewegung zu dem welkenden Haufen vor der Mauer.

»Wie sind Sie in den Garten gekommen?«

»Ganz allein – mit dem Laufgerät. Im Grunde ist das Ihr Werk. Innerhalb eines einzigen Tages habe ich mich an das Ding gewöhnt. Und ich bin mindestens dreißigmal den Plattenweg hinauf- und hinuntergegangen, den Sie verlegt haben. Bis die Therapeutin aufgab.« Er lächelte. Selbst die Dunkelheit kann das Blau seiner Augen nicht auslöschen, dachte sie. Aber noch wundervoller als das Blau sind seine Lachfältchen. Und die hatte sie hervorgebracht.

»Nun, wenn Sie laufen können, können Sie doch sicher auch kriechen, oder?«

»Was soll diese Frage?«

»Nun, in diesem Garten gibt es noch jede Menge Mauerpfeffer, Flaherty ...« Abrupt brach er ab. Sie lachte. »Ich weiß auch nicht, warum ich Sie so genannt habe. Es macht Ihnen doch nichts aus, oder?«

»Nicht das Geringste. Schließlich ist es mein Name.« Zumindest war er es, dachte sie.

»Okay, ich habe ein paar Werkzeuge mitgebracht. Sie werden dem Mauerpfeffer unter den Päonien zu Leibe rücken, während ich die Pergola von dem toten Rosengestrüpp befreie.«

»Ist das Ihr Ernst?«

»Selbstverständlich. Lassen Sie uns das ganze wuchernde und abgestorbene Zeug entfernen. In diesem Garten gibt es noch genügend Lebendiges.«

»Wick«, sagte Maggie.

»Was?«

»Wick. So nannte meine Nan Stengel und Zweige, die noch ein wenig Saft in sich hatten, auch wenn sie äußerlich tot wirkten.«

»Oh.« Wieder lächelte er. »Das gefällt mir. Das gefällt mir sogar sehr.«

Vermutlich hätte sie es allein geschafft, aber er hob sie vom Stuhl hoch und stellte sie in das Laufgerät. Er hatte seine Hände unter ihre Arme gelegt. Seine Daumen und Handballen drückten gegen ihre Brüste. Mit Sicherheit merkte er, dass sie keinen BH trug. Sie verspürte ein angenehm erregendes Prickeln.

»Halten Sie das wirklich für eine gute Idee?«

»Was?« Plötzliche Furcht ergriff sie. Wollte er damit sagen, dass sie ins Haus zurückkehren sollte? Dass es absurd war, wenn sie sich zu dieser Stunde im Garten aufhielten?

»Das Laufgerät. Der Boden könnte recht uneben sein. Wäre es nicht besser, Sie würden sich auf mich stützen?«

Natürlich wäre das besser und auch sehr viel angenehmer, aber sie musste die Strecke mit dem Laufgerät bewältigen. Wenn sie sich wirklich Mühe gab, könnte sie nach drei Wochen mit dem Laufgerät zu einem Stock übergehen, hatte Elsie gesagt. »Nein«, entgegnete sie. »Lassen Sie es uns so versuchen. Sie laufen hinter mir. Dann können Sie mich auffangen, wenn ich stolpere.«

»Ich bin direkt hinter Ihnen.«

Wie bedeutungsvoll sich das Wort »direkt« anhörte. Die Distanz zwischen ihnen schwand, ein Netz der Vertrautheit schien sich über sie zu legen. Erneut spürte Maggie sein Hemd in ihrem Rücken, seinen Atem in ihrem Nacken. Sie wünschte sich, dass dieser Moment niemals zu Ende ginge. Aber sie waren bereits bei den Päonien angelangt.

»Ich hole schnell eine kleine Hacke.« Als er in der Dunkelheit verschwand, hätte sie ihn am liebsten zurückgerufen.

Mit ihrer gesunden Hand begann Maggie, den Mauerpfeffer auszureißen. Wie ein dichtes Polster hatte er sich um die Wurzelhälse der Pfingstrosen gelegt und drohte, sie zu ersticken. Sie hatten etliche dicke Knospen angesetzt, die in rund einem Monat erblühen würden. Sie liebte die herrlichen Päonienblüten, die alles in ihrer Umgebung irgendwie schlicht und bedeutungslos aussehen ließen.

»Hier, versuchen Sie es damit.« Er kniete sich neben sie und reichte ihr eine Hacke mit fünf kurzen Zinken. »Damit können Sie den Mauerpfeffer ganz flach aus der Erde kratzen, ohne die Wurzeln zu beschädigen.«

»Diese Pfingstrosen sind wirklich unglaublich. Wenn sie blühen, erinnern sie mich immer an Showgirls. In einem Jahr hatten wir drei Stauden mit riesigen plusterigen Blütenköpfen. Sie sahen aus wie Frauen mit blondiertem Kräuselhaar. Ich habe sie nach den Gabor-Schwestern genannt – Zsa Zsa, Magda und Eva.«

Lächelnd sah Tristan sie an. Wie witzig und originell sie dachte. »Hey, Flaherty, da drüben haben Sie etwas übersehen.« Mit seiner Schere deutete er auf einen Rest Mauerpfeffer. Auf den Knien rutschte Maggie darauf zu.

Das Jäten und Auslichten war ungemein befriedigend, und Maggie verspürte absolut keine Erschöpfung. Sie hatte im Gegenteil das Gefühl, dass auch ihr neue Energien zuwuchsen, wenn sie die Stauden von der Last abgestorbener Blätter und wuchernden Unkrauts befreite und wieder atmen ließ. Unter dem Pflanzengewirr entdeckte sie nach Luft ringende Milchsterne und Traubenhyazinthen. Ohne Rücksicht auf ihre seidenen Hosen rutschte sie unermüdlich auf den Knien herum. Schon bald gingen sie sehr systematisch vor: Tristan schnitt die höheren Sträucher und Pflanzen zurück, während Maggie in Erdnähe tätig war, Unkraut jätete und den Boden lockerte. Er versprach, am nächsten Tag Kompost und einen phosphorreichen Dünger herüberzubringen.

»Okay«, sagte er, stützte die Hände in die Hüften und blickte zu dem Waldpfad hinüber, der in Maggies nostalgischen Garten führte. »Jetzt hat der Geweihfarn eine echte Chance. Ich sollte Ihnen ein paar *Phlox sto-*

lonifera mitbringen. Sie müssten hier sehr gut aussehen.«

»Ich frage mich, ob da hinten wenigstens ein paar meiner Wildarten überlebt haben.« Maggie deutete mit der Hacke auf die Stufengärten, die sie vor langen Jahren angelegt hatte.

»Wollen Sie nachsehen?«, fragte er.

»Es ist ein bisschen weit weg. Ich weiß nicht, ob ich das schaffe.«

»Verlassen Sie sich auf mich, Flaherty.« Er zwinkerte ihr zu. Plötzlich fühlte sie sich von Wohlgefühl durchströmt, von Zuversicht und Selbstvertrauen.

»Also gut. Ich werde es versuchen.«

Behutsam half er ihr auf, bot ihr den Arm und zog sie eng an sich. Und obwohl sie es mit ihrer linken gefühllosen Körperseite nicht wirklich spüren konnte, vermittelte er ihr Kraft, seine Stärke. Er war da, für sie da. Warum empfand sie das als so wundervoll? »Aber ich sollte Sie vorwarnen«, sagte sie, als sie sich durch das Gestrüpp von wildem Wein und Immergrün bewegten. »Aufsehenerregendes wie Frauenschuh dürfen Sie nicht erwarten. Ich habe diese Gärten vor Jahren mit Monsignor Johns Hilfe angelegt. In unserer Vorstellung sollten sie so etwas wie ein gärtnerisches Gegenstück zur Greater Boston Catholic Charities werden, eine Art Asyl für gefährdete Geschöpfe. Als erstes brachte er mir Samen von *Blephilia ciliata* – eine der attraktiveren Spezies. Im Grunde ging es uns darum, ein Refugium für die ›hässlichen Entlein‹ zu schaffen, wie wir sie nannten.« Tristan lachte.

»Nun sehen Sie sich das an«, rief er plötzlich.

»Meine Güte, *Polymnia canadensis*«, hauchte Maggie. Der Nachtwind ließ die kleinen Blüten an den fast anderthalb Meter hohen verzweigten Stengeln erzittern. Schweigend traten sie näher. Die blaßgelben Blütenblätter der unscheinbaren Pflanze schienen sich ihnen zuzuneigen. Maggie streckte die rechte Hand aus und strich mit den Fingern so sanft über die winzigen Petalen wie über den Kopf eines Babies. »In keinem Garten sollten nur Schönheiten Aufnahme finden«, sagte sie leise. »In ihm ist stets auch Platz für Charakterdarsteller.«

Tristan beobachtete Maggie. Sie wirkte wie gebannt. »Vermutlich besteht bei Wildblumen wie bei allem Wilden nicht unbedingt eine Beziehung zwischen Schönheit und Seltenheit«, sagte sie so leise, dass es kaum zu verstehen war. Sie fühlte, dass Tristan sie noch enger an sich zog. Und diesmal spürte sie es wirklich mit ihrer leblosen Körperseite. Langsam wandte sie den Kopf, um ihn anzusehen. Wortlos blickte er sie an, schien sie auf eine Weise zu betrachten, wie es zuvor noch niemand getan hatte. Es kam ihr vor, als wollten seine blauen Augen direkt und tief in ihre Seele eintauchen. Tristan schwieg, weil er keine Worte fand, keine finden wollte. Er fühlte sich im Bann von etwas so seltsam Machtvollem und Ungewöhnlichem, dass Worte, jede sprachliche Äußerung absolut überflüssig waren. Er wünschte nur eins: sich ihrer Besonderheit hinzugeben. Und er sah Schönheit in dieser Besonderheit, wenn auch nicht unbedingt die farbenfrohe Attraktivität einer Frauenschuh-Orchidee in voller Blüte. Vielleicht war es eher ein Leuchten, das von ihr ausging, grüngolden und schimmernd wie Sonnenstrahlen, die im Wald die dichten Baumkronen durchdringen und die Phantasie anregen.

Sie fanden noch ein paar weitere Überlebende der ursprünglichen Bepflanzung, aber die meisten Wildpflanzen waren verschwunden. »Früher einmal hatte ich hier auch eine Gerardie – *Agalinis acuta*.«

»Tatsächlich?« Tristan war beeindruckt. Die Naturstandorte dieser Pflanze konnte man an zwei Händen abzählen. »Ich habe mich etliche Male an Exkursionen der Gesellschaft zur Erhaltung der amerikanischen Wildflora beteiligt.«

»Wirklich? Wie ungemein spannend!«

»Es war auch spannend. Einmal habe ich Gerardiensamen in einer Felswand gesammelt.«

»In einer Felswand?«

»Ja, in einer Spalte, wo Sand und organische Substanzen herangeweht wurden. Ich glaube, der Gerardie hat der Kalkgehalt der Umgebung gefallen. Man findet viele wildwachsende Pflanzen auf Kalkgestein.«

»Aber es muss doch sehr schwierig sein, an sie heranzukommen.«

»Das ist es. Aber ich war ihr Spezialist für Klettertouren. Bei derartigen Unternehmungen haben sie sich stets an mich gewandt. Ich liebe Gesteine und Felsen und bin während meines Studiums häufig in Bergen herumgeklettert.« Maggie stellte sich vor, wie Tristan unter einem tiefblauen Himmel in einer Felswand herumkletterte und in Spalten und Klüften nach Samen seltener, möglicherweise vom Aussterben bedrohter Spezies forschte.

Als sie zum Pfad zurückkehrten, sah sich Maggie um. »Dort, am Beginn des Weges, stand eine alte Damaszenerrose. Aber ich glaube, es gibt sie nicht mehr. Ich mag es, wenn zum ummauerten Garten hin die Farben blasser, verschwommener werden.«

Irgendwie hatte Tristan bereits geahnt, dass der ummauerte Bereich für Maggie das Herzstück des gesamten Gartens war. Aber warum? Vielleicht gab es dafür gar keinen Grund. Für echte Gärtner gab es immer einen Punkt, an dem sich ihre Seele und die des Gartens trafen. Für Maggie war dieser Punkt der Stufengarten.

»Müde?«, fragte er.

»Nein. Da auf dem Tisch unter der Buche steht eine Flasche Wein. Aber ich war dumm genug, die Gläser zu vergessen.«

»Ich hole welche.«

»Aus dem kleinen Haus, in dem Sie wohnen?«

»Ja. Aber zunächst werde ich Sie zum Tisch zurückbringen.«

Maggie schmiegte sich an ihn, als er sie zu den Päonien zurückführte, wo sie ihr nächtliches Gärtnern begonnen hatten.

Und so nannten sie es künftig: nächtliches Gärtnern. Es war erstaunlich, wie sich ihre Augen an die Dunkelheit gewöhnten. Zunächst hatte Tristan eine Laterne und Taschenlampen mitgebracht, aber nach und nach konnten sie darauf verzichten. Selbst wenn der Mond hinter Wolken verschwand, schien sie das nicht zu beeinträchtigen. Im letzten Jahr waren Maggie so viele Dinge unendlich schwergefallen, aber nun bewegte sie sich nahezu mühelos in der graublauen Dunkelheit.

Am Ende der ersten Woche hatten sie nahezu alles Unkraut gejätet und abgestorbene Triebe entfernt. Maggies seidene Hosen waren so dauerhaft ruiniert, dass sie ihre Arbeitshosen wurden.

Wie geplant hatte sie am nächsten Tag mit David Webber wegen Mrs. Allens Entlassung telefoniert. »Halten Sie das für klug, Maggie?«

»Ja. Ich kann die heimliche Säuferin nicht ausstehen. Sie wissen, dass sie ein Schluckspecht ist. Sie brauchen sich nur den Pegelstand der Brandyflasche anzusehen. Wenn mir wirklich einmal etwas zustoßen sollte, könnte sie ja doch keinen Finger rühren.«

»Aber hilft sie Ihnen denn nicht … äh … beim …« Verlegenheit schien sich breitzumachen. Maggie konnte förmlich sehen, wie David blutrot wurde.

»Ob sie mir beim Pinkeln hilft? War es das, was Sie fragen wollten?«

»Nun … äh … ja, aber …«

»Ersparen Sie sich das Gestammel, David. Sie hat mir geholfen, aber jetzt komme ich sehr gut allein zurecht. Hier unten in der Bibliothek ist alles wesentlich bequemer. Ich weiß gar nicht, warum ich nicht schon früher darauf gekommen bin. Aber wenn es Sie beruhigt, kann ich mir eine von diesen Baby-Alarmanlagen anschaffen.«

Maggie hatte in der Tat so große Fortschritte gemacht, dass ihr schwer zu widersprechen war. Alle Pfleger und Therapeuten berichteten von erstaunlichen Verbesserungen, nicht nur beim Laufen und bei ihren motorischen Fähigkeiten, sondern in ihrer allgemeinen Einstellung. Sie sprach noch immer sehr langsam, machte aber keine unsinnigen Fehler mehr.

Mrs. Allens Doppelkinn erbebte, ihre Hand umklammerte den überaus großzügigen Abfindungsscheck. Es war Freitag, ihr letzter Tag, und Maggie wünschte sich, dass Mrs. Allen ohne großartige Dankesbezeugungen einfach verschwand. Irgendwie hatte sie das unbestimmte Gefühl, dass die Dinge außer Kontrolle geraten, rührselig werden könnten. Die Abfindung war bei weitem zu üppig. Das hatte David Webber betont, und falls Adams dahinterkam, würde er außer sich geraten. Das Wort schoss wie eine Schlange zwischen Mrs. Allens zusammengepressten Lippen hervor.

»Geizig?« Maggie beugte sich vor, glaubte, nicht richtig gehört zu haben. »Was sagten Sie gerade?«

»›Geizig‹, sagte ich. Ihresgleichen ist nur durch Geiz und Knauserigkeit so reich geworden.«

Verblüfft schüttelte Maggie den Kopf. »Ich gebe Ihnen einen Dreimonatslohn, aber Sie nennen mich geizig?«

Ihre dunklen Knopfaugen huschten hin und her. »Oh, ich beklage mich nicht, es ist nur ein bisschen knickerig. Juden wussten meine Dienste besser zu belohnen.«

Seit Maggie in der fünften Klasse auf dem Schulhof von dieser Fiona Sullivan mit einem gemeinen Schimpfnamen bedacht worden war, hatte sie niemanden mehr verprügeln wollen. Aber jetzt hätte sie Mrs. Allen am liebsten gekniffen, getreten, nach Herzenslust beschimpft. Sie holte tief Luft. »Verschwinden Sie, Mistress Allen«, sagte sie. »Gehen Sie mir aus den Augen!«

Es war wie ein Wunder. Sobald sie die Haustür ins Schloss fallen hörte, fiel alle Wut von ihr ab. Sie widmete Mrs. Allen keinen Gedanken mehr. Sie war fort, und das war gut so.

»Machen Sie sich keine großen Umstände mit dem Abendessen, Suzy. Ein Freund will mit etwas Essbarem vorbeikommen. Und es ist viel zu heiß zum Kochen. Mit ein bisschen Obst und Joghurt bin ich vollauf zufrieden.«

»Soll ich nicht ein paar Nudeln vorbereiten? Dann können Sie sich mit ein paar Zutaten einen Pastasalat daraus machen.«

»Das ist eine glänzende Idee.«

Sie waren auf dem Weg zum Plattenpfad, wo bereits Elsie auf sie wartete.

»Sehen Sie nur, was ich hier vorgefunden habe«, sagte Elsie und zeigte auf einen Korb mit Stiefmütterchen in ungewöhnlichen Farben: blassorange, zartrosa wie das Innere einer Muschel, cremefarben wie die Seiten eines alten Buches. Verlegen biss sich Maggie auf die Lippe. »Meine Güte!«

»Von wem können die nur sein?«, wunderte sich Elsie. Aber Suzy und Maggie antworteten ihr nicht.

Sofort nach ihrer Therapiestunde ging Maggie daran, die Stiefmütterchen zu pflanzen. Am Fuß der von der Last toter Rosentriebe befreiten Pergola müssten sie einfach wundervoll aussehen. Suzy begleitete sie zur Pergola und bot an, ihr beim Pflanzen zu helfen. Aber Maggie zog es vor, das allein zu tun. Sie würde Suzy mit der kleinen Tischglocke ein Zeichen geben, wenn sie fertig war, sagte sie, damit sie ihr in das Laufgerät helfen konnte. Das Setzen der Stiefmütterchen würde sie an die Intimität der Stunden erinnern, die sie in der vergangenen Nacht mit Tristan verbracht hatte.

Als sie die Pflanzen in den Boden setzte, dachte sie über die außerordentliche Wendung nach, die ihr Leben innerhalb so kurzer Zeit genommen hatte. Ihre

Überlegungen lösten eine Verwunderung in ihr aus, die sowohl erregend wie wehmütig war. Schon vor langer Zeit hatte Maggie erkannt, dass ihre Gefühle für Adams keine wirkliche Liebe gewesen waren. Sicher hatte sie irgendwann einmal aufrichtige Zuneigung zu ihm empfunden, sich aber auch gleichzeitig durch die Begeisterung ihrer Familie hinreißen lassen. Dass ein Mädchen aus Charlestown in eine der feinsten und einflussreichsten Familien von Boston einheiratete, wurde als verblüffendes und absolut atemberaubendes Ereignis betrachtet. Es widersprach jeder Vernunft, und sie hatte sich in der Tat höchst irrational verhalten. Aber wie hatte sie so viele Anzeichen übersehen können? Seine Neigung zum Alkohol, seine geistige Unbeweglichkeit, seine intellektuelle Trägheit. Aber unterschied sich ihr Schicksal eigentlich sonderlich von anderen Ehen? Wirklich unglücklich war sie nie gewesen. Aber jetzt empfand sie ihre Ehejahre als bedauerliche Zeitverschwendung. In den wenigen Stunden mit Tristan hatte sie sich glücklicher, erfüllter gefühlt als in Jahrzehnten mit Adams.

Und es war seltsam. Am Tag nach ihrer ersten gemeinsamen nächtlichen Gartenarbeit wartete sie nicht voller Ungeduld auf den Abend. Es war ein heißer Tag und die Luft vom Summen der Insekten erfüllt. Aber die Minuten verstrichen mit genau der richtigen Geschwindigkeit. Sie konnte hören, wie hinter der Mauer gearbeitet wurde, hörte gelegentlich Tristans Stimme, wenn er Anordnungen erteilte. Sie wusste, dass er jetzt nicht herüberkommen würde, nicht während des Tages.

Durch den Spalt in der Mauer sah Tristan, wie sie die Stiefmütterchen pflanzte. Ein großer Strohhut beschattete ihr Gesicht. Sie trug unglaublich unkleidsame Bermuda-Shorts, und er sah, dass ihr linkes Bein in einer Art Schiene steckte. Jetzt war sie mit dem Pflanzen fertig, saß reglos da und betrachtete die Stiefmütterchen. Ihre Körperhaltung war eine ganz andere als vor zwei Wochen, als er sie in ihrem Rollstuhl gesehen hatte. Sie saß nicht direkt aufrecht, aber auch nicht schlaff und in sich zusammengesunken. Es schien eine Haltung anmutiger Ruhe zu sein. Sie beugte sich ein wenig vor und berührte die Erde, die sie gerade mit ihrer Schaufel gelockert hatte. Dann strich sie mit der rechten Hand ganz leicht über die Blütenköpfe. Das war eine der schönsten und zärtlichsten Gesten, die Tristan jemals gesehen hatte, und es kam ihm so vor, als hätte sie ihn gestreichelt. Auf irgendeine geheimnisvolle Weise drang die Berührung in sein Innerstes. Er fühlte sich zu dem Ort hingezogen, an dem die Seele des Gartens und Maggies übereinstimmten.

»Ich finde, du bist ein höchst bemerkenswertes altes Mädchen!« Unbeholfen patschte ihr Adams auf den Schenkel und nahm einen tiefen Schluck von seinem

Martini. Ceil nippte an ihrem wodkabereicherten Lillet. Maggie spürte eine Art nervösen Überdrusses. Sie wollte, dass sie verschwanden. Seit fünf Tagen verbrachten Tristan und sie ihre Nächte im Garten, fast eine ganze Woche. Und jede Nacht brachte neue Überraschungen. Sie konnte es zwar kaum fassen, aber zusammen mit anderen kleinen Zwiebelgewächsen wie Scilla und Traubenhyazinthen waren auch einige ihrer Fritillarien wiedergekommen. Buchstäblich in die Höhe geschossen, nachdem der Mauerpfeffer entfernt war. Besonders freute es sie, die wundervollen *Fritillaria michailovskyi* mit ihren winzigen dunkelrotbraunen Blütenglocken vor Horsten von Schmuckgräsern wiederzuentdecken. Sie hatte sie für überwuchert und verschwunden gehalten. Sie rechnete mit Tristans baldigem Erscheinen. Aber Adams und Ceil hatten angerufen und darauf bestanden, auf ein Glas vorbeizukommen. Eine Cocktailstunde mit ihnen konnte sich zu einer Ewigkeit auswachsen. Maggie vermutete, dass ihre jeweiligen Ehepartner eine Bemerkung über ihre Trinkgewohnheiten verloren hatten.

Ceils Mann Gordon war kurz vor ihrem Schlaganfall mit diesem Problem an seine Schwiegermutter herangetreten. Maggie befürchtete, ihm nicht helfen zu können. Was hatte sie denn bei ihrem eigenen Ehemann ausgerichtet? Nichts. Adams' Frau Joan würde sich vermutlich nie an sie wenden. Maggie war sich nicht sicher, ob es Joan überhaupt etwas ausmachte. Sie hatte das unbestimmte Gefühl, dass Joan Adams schon vor langer Zeit aufgegeben hatte. Das war das Problem mit Adams: Man gab ihn leicht auf. Doch Maggie hatte das nicht getan, jedenfalls nicht, als er noch ein Junge gewesen war, ein Heranwachsender. In der fünften oder sechsten Klasse hatte man ihn beim Stehlen ertappt. Zunächst hatte er in Geschäften Dinge mitgehen lassen, dann seine Klassenkameraden auf der Privatschule bestohlen. Maggie und ihr Mann waren schockiert und entsetzt. Adams Senior begann davon zu sprechen, Adams Junior auf einer Militärakademie anzumelden, traf damit jedoch auf Maggies erbitterten Widerstand. Sie konnte und wollte nicht einsehen, wie eine militärische Erziehung einen Dieb kurieren sollte.

»Du bist zu nachsichtig mit ihm, Maggie«, hatte Adams Senior gesagt. »Auf einer Militärakademie gibt es einen Ehrenkodex. Er ist das Rückgrat eines derartigen Schulsystems.«

»Wir verfügen auch über einen Ehrenkodex«, hatte Maggie erwidert, doch dann durchzuckte es sie eiskalt. Vielleicht gab es in dieser alten, ehrwürdigen Familie gar kein Gefühl für Ehre und Anstand? Aber selbst wenn – konnte eine Militärakademie die Lösung sein? Damals beschloss Maggie, ihrem Sohn das zu bieten, was ihm in der Familie offensichtlich fehlte. Sie fuhr mit ihm und Ceil campen. Adams kam nie mit. Er verabscheute Übernachtungen im Zelt. Sie schickte ihn zu einem dreiwöchigen Überlebenstraining in die Rocky

Mountains. Sie gab ihm Nachhilfeunterricht in Algebra und Differentialrechnung, fuhr mit ihm unzählige Male nach Irland. Aber obwohl das Stehlen aufhörte und sich seine schulischen Leistungen soweit verbesserten, dass er, mit zusätzlichem familiärem Nachdruck, an der Harvard University angenommen wurde, hatte Maggie das Gefühl, dass er sich zunehmend von ihr zurückzog.

Und dann, während der familiären Weihnachtsparty und Adams' erstem Semester am College, kam die schockierende Erkenntnis: Er hatte zuviel getrunken, aber seine Worte ließen nichts an Deutlichkeit zu wünschen übrig: »Spitzenvorhänge und zwei Toiletten, war es nicht so, Mutter?« Damit bezog er sich auf Maggies Elternhaus an der Wallace Street in Charlestown.

Sie sah ihrem Sohn fest in die Augen. »Meinst du das Haus deiner Großeltern Flaherty?«

»Meine Großeltern Flaherty«, schnaubte er verächtlich und ließ sie stehen, um sich ein neues Glas zu holen.

Da wusste Maggie, dass irgend etwas in Adams sie hasste. Aus Unsicherheit und Selbstverachtung. Deshalb hatte er gestohlen, deshalb würde er, abgesehen von seiner genetisch bedingten Anfälligkeit, immer trinken. Für sie würde das stets der Hauptgrund für seinen Alkoholismus sein. Sein Vater hatte nie aus Hass oder Unsicherheit heraus zum Alkohol gegriffen, doch Adams würde das tun. Er reagierte voller Zorn auf die Tatsache, dass sie intelligent war, dass sie eine in einem Dreifamilienhaus mit Spitzenvorhängen und zwei Toiletten aufgewachsene Irin war, die ihm dennoch Algebra und Differentialrechnung beibringen konnte. Aber konnte sie ihn deshalb aufgeben? Niemals. Sie liebte ihn deshalb sogar noch mehr. Vielleicht war es keine richtige Liebe. Vielleicht war es eine Art fast süchtiger Hingabe. Vielleicht war sie eine frustrierte heilige Jutta, die Schutzpatronin der Verlorenen. Aber sie hatte dieses Kind zur Welt gebracht. Es war ihre Pflicht, es zu einem lebenstüchtigen Menschen zu erziehen. Und bis zu einem gewissen Grad gelang ihr das auch. Nie wieder zeigte er ihr gegenüber einen so unverhüllten Hass. Mitunter glaubte sie sogar, diese abgrundtiefe Abscheu wäre geschwunden. Seit seiner Heirat und seit dem Tod seines Vaters schien er sie auf eine direkte und unumwundene Art sogar zu schätzen. Aber sie wusste nicht recht, ob sie darauf wirklich Wert legte. Ihre Tage als heilige Jutta waren vorüber.

Jetzt, als sie mit Adams und Ceil im Wohnzimmer saß, überfiel sie das eindeutige Gefühl, dass ihre Kinder bei ihr Zuflucht suchten. Sie hatte von Kindern gehört, die wieder zu ihren Eltern zurückkehrten, aber ihre Kinder waren vierzig und achtunddreißig Jahre alt! Sie hatten selbst Kinder. Kinder, die nicht zu Hause lebten, sondern in Internaten.

War sie selbstsüchtig? Aber sie hatte wirklich keine Lust, über Ceils und Adams' Probleme nachzudenken.

Es gefiel ihr nicht, auf diese Weise benutzt zu werden. Natürlich hatten sie jetzt den Vorwand, dass Mrs. Allen nicht mehr da war. Man musste sich um Maggie kümmern.

»Soll ich dir wirklich nicht beim Zubettgehen helfen, Mom?«

Plötzlich fiel Maggie auf, wie hoffnungslos, fast leer Ceil wirkte. Sie blickte ihrer Tochter in die Augen und sah – nichts. Sie betrachtete Adams. Sein Augenausdruck war ähnlich, aber irgendwie doch anders. Er wirkte nicht so hoffnungslos. Seine Abgestumpftheit schien eine Art natürlicher Maske zu sein. Aber Ceil ... Maggie fragte sich, ob Ceil seit Jahren an irgend etwas anderes gedacht hatte als an die Wodkaflasche und den Alkoholpegel in ihrem Glas. Gab sie sich überhaupt noch irgendwelchen Phantasien hin? Maggie dachte an die blühende Landschaft ihrer eigenen Imagination. Zwanzig-, vielleicht dreißigmal am Tag stellte sie sich Tristan vor, wie er unter tiefblauem Himmel in einer Felswand hing und die Hände nach kostbaren Pflanzensamen ausstreckte, wie er ihr beim Aufstehen half und sie eng an sich drückte, wie sie und Tristan auf dem Rücken gelegen und der Parade der Bäume zugesehen hatten, wie sie hintereinander zwischen den Barrenholmen entlanggelaufen waren, wie sein Atem ihren Nacken gestreift hatte. Und dann waren da die Vorstellungen der kleinen, geheimen Freuden, die ihr jetzt fast täglich zuteil wurden. Letzte Nacht hatte sie tatsächlich von Fritillarien geträumt. Von großen Flächen Schachbrettblumen in Purpurbraun und Cremeweiß, der niedrig bleibenden *Glauca Goldilocks* mit hellgelben Blüten oder auch der prachtvollen *Fritillaria persica,* pflaumenfarbigen Glocken an hohen Stengeln. Sie alle könnten durchaus noch da draußen im Boden ruhen und nur darauf warten, befreit zu werden. Denn jetzt, Anfang Mai, war die Hauptblütezeit dieser alten und etwas eigenartigen Mitglieder der Lilien-Familie. Plötzlich fühlte sich Maggie von Schuldgefühlen überwältigt. Sie fühlte sich satt und wohlgenährt angesichts eines hungernden Kindes. Wie eine Millionärin vor einer Bettlerin. Aber was konnte sie tun?

»Mom?«, meldete sich Ceil noch einmal. »Bist du sicher, dass ich dir nicht helfen soll?«

Das wäre das letzte, was du tun sollst, fühlte sich Maggie versucht zu antworten. Aber bist du sicher, dass du nicht ein paar der Vorstellungen in meinem Kopf brauchen könntest?, hätte sie am liebsten gefragt. Ich kenne einen Mann, der auf der Suche nach seltenen Pflanzenarten in Felswänden herumklettert. Mit diesem Bild und der Erinnerung an seinen Atem in meinem Nacken schlafe ich ein. Während du hier sitzt und Wodka in dich hineinschüttest, spüre ich, wie da draußen in der Dämmerung eine *Fritillaria meleagris alba* mit ihren Blütenglocken läutet. Ich weiß, dass sie da ist. Ich kann sie sehen. Aber ich kann diese Bilder nicht verschenken. Ich will nicht teilen. In tiefster Seele bin ich ein Geizhals. Selbst meiner hungernden Tochter gegenüber bin ich ein Knauser. Es gibt Dinge, die ich nun einmal nicht ändern kann.

»Nein, du brauchst mir nicht zu helfen«, sagte Maggie. »Ich muss lernen, allein zurechtzukommen. Und soll ich dir was sagen? Heute habe ich ein bisschen im Garten gearbeitet und wollte mir eigentlich von Suzy wieder in das Laufgerät helfen lassen, doch dann habe ich das ganz allein geschafft.«

»Alle Achtung!« Wieder patschte ihr Adams auf den Schenkel und stand auf, um sich das Glas aufzufüllen.

Wollten sie denn überhaupt nicht mehr gehen?

NEUNTES KAPITEL

Wasser

> Man halte mich nicht für töricht, dass ich meine Zeit mit Landschaftsgärten vertändele. Aber ich nutze die als Mittel zur Stärkung der spirituellen Intuition.
>
> Muso Kokushi, japanischer Gartengestalter und Priester des 16. Jahrhunderts

Endlich gingen sie doch. Und mit dem Aufblitzen des Abendsterns stand Tristan vor der hinteren Tür. Sie trug dieselben Seidenhosen wie in den vorangegangenen Nächten, aber eine lockerer fallende Bluse. Auch wenn ihre Brüste nicht riesig waren, schaukelten sie – halterlos – in einer enger geschnittenen Bluse doch zu sichtbar herum, um für attraktiv gehalten zu werden.

In einer Hand trug er eine Flasche Wein und unter dem Arm ein noch eingewickeltes Baguette.

»Brot und Wein!«, rief Maggie entzückt.

»Yep, diesmal ist die Reihe an mir. Draußen auf dem Tisch warten auch noch ein kaltes Brathühnchen und Salat.«

»Sie kochen *und* pflanzen Bäume um?«

Er lachte. »Nein, ich bin nur für die Bäume zuständig. Ich war am Harvard Square und habe das Zeug in einem Deli gekauft. Wie ich sehe, tragen Sie bereits Ihre Gartensachen.«

»Ja. Sie sehen grauenhaft aus, oder?«

»Nur die Knie. Aber es steht Ihnen, Flaherty.«

Sie zeigte wieder das kleine, schiefe Lächeln, wie immer, wenn sie etwas komisch oder auch leicht peinlich fand. Er sah, dass sie keine Frau war, die sich über ein Kompliment uneingeschränkt freuen konnte. Sie war es nicht gewohnt, dass man ihr auf diese Weise Aufmerksamkeit schenkte. Was für ein Mann war Mr. Welles eigentlich gewesen? Ein ausgemachter Trottel, höchstwahrscheinlich. Heute verbarg ihre Bluse mehr als an den Abenden zuvor, aber er spürte eine gewisse Erregung, als er an die Weichheit dachte, die er gefühlt hatte, als seine Handballen gegen ihre Brüste gedrückt hatten. »Soll ich Ihnen eine Neuigkeit verraten?« Eine kindliche Freude klang in seiner Stimme mit, die Maggie ungemein gefiel.

»Was?«

»Wir haben den Wasserfall in Betrieb genommen.«

»Tatsächlich? Darf ich ihn mir ansehen?«

»Selbstverständlich. Wir können später essen.« Er bot ihr den Arm. Als sie sich bei ihm einhakte, zog er sie sanft und eng an sich. Sie schlüpften durch den Mauerspalt in den Steinschen Garten, und Maggie bemerkte eine Reihe Birnbäume, die an der Garagenwand lehnten. »O weh«, seufzte sie leise.

»Was ist denn?«

Sie zeigte auf die Birnbäume. »Mistress Stein. Sie verlangt doch hoffentlich nicht, dass Sie die als Spalierbäume pflanzen, oder?«

»Ich fürchte doch.« Lächelnd sah Tristan Maggie an. »Passt Ihnen das nicht?«

Sie blickte zu ihm auf. »Natürlich nicht. Man nagelt keine perfekt gewachsenen Bäume an eine Mauer! Das ist die gartenbauliche Form der Kreuzigung.«

Er lachte. »Sie sind mir schon eine, Flaherty.«

»Nun, ich bin katholisch. Die Metaphorik ist geblieben, wenn auch nicht der unbedingte Glaube.«

»Ich bin kein Katholik, aber auch mir gefällt es nicht sonderlich. Doch sie hat es sich nun einmal in den Kopf gesetzt.«

Sie liefen ein paar Meter weiter und bogen dann um die Ecke.

»Oh, Tristan! Das ist ja einfach wundervoll.« Sie näherten sich dem hinteren Bereich des Gartens, in dem Tristan vor wenigen Wochen die großen Findlinge hatte verlegen lassen, wie sie durch den Mauerspalt beobachtet hatte. In schmalen, silbernen Kaskaden strömte das Wasser hinter dem zierlichen rötlichen Blätterfiligran des japanischen Fächerahorns herab. Es ergoss sich in zunehmend größere Becken. Das dritte und letzte hatte einen Durchmesser von fast drei Metern.

»Im untersten Becken können die Kinder sogar baden, falls sie im Sommer hier sein sollten und nicht auf Nantucket. Auch jetzt sind sie dort. Das erste wirklich schöne Wochenende, und sie sind auf und davon.« Sie setzten sich auf eine Steinbank neben den Becken. »Hey, Flaherty!« In einer Mischung aus Neugierde und Begeisterung wurden die blauen Augen ganz groß. »Wie wäre es mit einem kleinen Versuch?«

»Versuch?«

»Wollen Sie nicht Ihre Hosen wieder sauberbekommen?«

»Was? Wovon reden Sie eigentlich?« Aber er schleuderte bereits seine Schuhe von den Füßen. Sie spürte Panik in sich aufsteigen. Jetzt beugte er sich tatsächlich vor und machte sich an ihren Schuhen zu schaffen. Er hielt inne und blickte auf. Seine Augen hatten ihren funkelnden Glanz verloren. Sie wirkten sehr zärtlich, ein winziges Lächeln saß in den Augenwinkeln. »Nur keine Angst, Maggie. Wir werden nicht nackt baden. Schließlich könnte das Wasser saukalt sein. Es ist erst Mai. Wir werden unsere Sachen anbehalten!«

Maggie musste lachen und fuhr sich mit der Hand an den Mund.

Die Panik hatte ein wenig nachgelassen, dennoch war sie noch immer ziemlich nervös, als sie sich von ihm zum Wasser führen ließ. Schon voll bekleidet und trocken war ihr Körper kein großartiger Anblick, aber wie würde er aussehen, wenn ihre nasse Seidenkleidung an ihm klebte? Die Beine dürr wie Bohnenstangen und dann ihr total faltiger Bauch! Sie musste ja aussehen wie ein lebendig gewordenes Fortuny-Plisseekleid – oder nicht ganz zum Leben erwacht, genauer gesagt. Denn von ihrer linken Schulter hing noch immer dieser alte bleierne Arm und … Allmächtiger, sie trug keinen BH. Nicht gerade ein hübscher Anblick!

»O T. … T … Tristan«, stammelte sie. »Ich halte das für keine sonderlich gute Idee.«

»Doch, es ist eine gute Idee.« Jetzt hob er sie allen Ernstes hoch und ging zum Rand des Beckens.

»Sie haben mich hochgehoben!«

»Oh, tatsächlich?«, zog er sie auf und lief ungerührt weiter.

»Ab … b … ber Tristan …«

»Können Sie etwa nicht schwimmen? Ist das Ihr Problem?«

»Nein. Ich bin sogar eine sehr gute Schwimmerin, wenn Sie es genau wissen wollen.«

Er trat in das Becken und ließ sie sanft ins Wasser gleiten. Sie spürte sich von kalter Nässe umstrudelt. Zunächst bauschten sich ihre Sachen, dann begannen sie, an ihrem Körper zu kleben. Sie spürte seine Arme um sich, aber er brauchte sie kaum noch zu stützen. Überdeutlich zeichneten sich ihre Brustwarzen unter der seidenen Bluse ab. »Und was ist das Problem?«, flüsterte er ihr ins Ohr. Spürte sie tatsächlich seine Zungenspitze an ihrem Ohrläppchen? Sie wandte sich ihm zu. Ihre Gesichter trennten nur wenige Zentimeter. Sie legte ihre rechte Hand wie eine Muschel an sein linkes Ohr und sprach hinein, damit er auch alles höre.

»Ich bin hässlich«, wisperte sie sehr leise.

Sie befand sich noch immer in seinen Armen, aber locker, fast schwebend. Jetzt legte er seine Lippen direkt auf ihr Ohr. »Sie sind wunderschön.« Seine Zunge spielte in ihrer Ohrmuschel, und sie spürte, wie ihr die Erregung heiß durch den ganzen Körper schoss.

Sie blickte in das dunkle Wasser. »Mein linker Arm«, sagte sie. »Er ist leblos, tot.«

»Sehen Sie ihn sich an«, sagte Tristan.

»Was?«

»Sehen Sie sich Ihren Arm an.«

»Er schwimmt!«, stellte Maggie verblüfft fest. Langsam bewegte sie ihn durch das Wasser.

»Sie schweben, Maggie.«

»Tatsächlich? O mein Gott, ich treibe ja wirklich im Wasser!« Langsam bewegte sie alle ihre Glieder. Sie drehte sich um, streckte die Arme aus und begann auf die Wasserkaskaden zuzuschwimmen. Es war das wunderbarste, köstlichste Gefühl von der Welt. In wenigen magischen Augenblicken hatte sich die Behinderung ihres Körpers buchstäblich aufgelöst. Tristan stand bis zu den Hüften im Wasser und sah ihr beim Schwimmen zu.

»Worüber lächeln Sie?«, rief sie über die Schulter hinweg.

»Über Sie.«

Noch nie zuvor hatte sie jemand auf diese Weise angelächelt. Vielleicht mit Ausnahme von Monsignor John, als sie ihren High-School-Abschluss mit allen nur möglichen Auszeichnungen gemacht hatte. Aber nein, ganz so hatte auch er nicht gelächelt. Tristans nasses Hemd klebte an seinem Oberkörper, so dass sie die Haare auf seiner Brust erkennen konnte. Er ließ sich ins Wasser sinken und schwamm auf sie zu. Inzwischen näherten sie sich dem Vorhang fallenden Wassers. Feiner Dunst besprühte ihre Gesichter. Er streckte die Arme aus, und sie schmiegte sich mit dem Rücken an ihn. »Sehen Sie doch nur, wie gut ich meinen Arm bewegen kann, Tristan.« Sie ließ ihn durchs Wasser kreisen und konzentrierte sich dann auf ihr linkes Bein. »Und auch mein Bein. Ist das zu fassen?«, strahlte sie, als sich ihr Bein scheinbar schwerelos bewegte. »Ich frage mich, ob es einen Heiligen für Tragkraft gibt.« Tristan lachte leise auf. »Einmal habe ich Monsignor John nach Gloucester begleitet, wo er die Fischfangflotte segnen wollte.«

»Wer ist Monsignor John? Sie haben ihn schon einmal erwähnt. Als Sie über die Wildblumen sprachen.«

»Oh, irgendwann werde ich Ihnen mehr von ihm erzählen«, wich Maggie aus. »Aber die Kirche Our Lady of The Good Voyage auf dem Portagee Hill in Gloucester hat zwei Glockentürme, und zwischen ihnen steht eine Madonnenstatue. Sie hält kein Christuskind in den Armen, sondern ein Fischerboot. Also könnte es auch sehr gut einen Heiligen zum Schutz der Schwimmer geben.« Lächelnd zog Tristan sie noch enger an sich. »Vermutlich hätte ich mich intensiver mit der Wassertherapie befassen sollen, aber mir gefiel der Swimmingpool nicht, in dem sie mit mir trainieren wollten, und ich fand die Therapeutin ausgesprochen unsympathisch.«

»Jetzt bin ich Ihr Therapeut«, lachte Tristan.

»Auf gar keinen Fall!«, sagte sie mit einer Heftigkeit, die Tristan überraschte. »Sie sind …« begann sie, verstummte dann aber.

»Was?« Er drehte sie zu sich herum. Sie knieten im Wasser. Jetzt fiel ihr ein, was er war. Eindeutig ebensowenig ein Therapeut wie Monsignor John. Würde sie wagen, es ihm zu sagen?

Seit Maggie Tristan Mallory kannte, war irgendwo in ihrem Hinterkopf ein Bild gewesen, ein Wort oder Worte, die sich genauer Definition entzogen. Aber jetzt nicht mehr. Es war die Vorstellung eines priesterlichen Gärtners, eines jener Mönche im alten Japan, die viele der wundersamen Gärten geschaffen hatten, die sich auch heute noch großer Achtung erfreuten. Der bedeutendste war Muso Kokushi gewesen, der Schöpfer des Tempelgartens Saiho-ji in Kyoto und des ersten Kare sansui oder Trockengartens, in dem es keinen Tropfen Wasser gab. Stimmung und Bewegung von Wasser wurden ausschließlich durch die Anordnung von Gestein, Kieseln und Moos hervorgerufen. Es gab Anspielungen auf Wasser und auch Andeutungen: Wirbel und Kaskaden, stille oder bewegte Teiche, sogar herabstürzende Wasserfälle, doch kein reales Wasser. Tristan war ihr priesterlicher Gärtner, aber das konnte sie ihm jetzt noch nicht sagen.

»Folgen Sie mir«, flüsterte sie. Sie durchschwamm den Wasservorhang. Jetzt waren sie vor dem Rest des Beckens verborgen, verborgen auch vor dem Rest des Gartens in einer Höhle aus fallendem Wasser und Nebeln. Zwei schattenhafte Gestalten in einer warmen Frühlingsnacht. Sie spürte Tristans Arme um sich.

»Sie sind nicht hässlich, Maggie.« Sie spürte seine Hand auf ihrer Brust. Wie groß und voll ihre Brüste aussahen. Plötzlich begann sie zu glauben, dass sie nicht hässlich war. Ihre Brüste trieben wie alle anderen Körperteile im Wasser und hingen nicht länger welk herab. Jetzt umfassten seine Hände beide Brüste. Sie spreizte die Beine und spürte, wie das Wasser an ihren Innenschenkeln hochstrudelte. Sie empfand einen angenehmen Druck im Becken und spreizte die Beine noch weiter. Sie stellte sich vor, dass zwischen ihren Schenkeln Wasserpflanzen dahintrieben.

»Vielleicht nicht«, flüsterte sie.

»Sicher nicht«, wisperte Tristan zurück, und wieder spürte sie seine Zunge in ihrem Ohr, diesmal sehr zärtlich und tief.

Scheinbar stundenlang trieben sie im Wasser und flüsterten hinter dem silbrigen Wasservorhang miteinander, bis Maggies Zähne zu klappern begannen. Noch hatten sie sich nicht geküsst. Er hatte ihre nackten Brüste nicht berührt. Und sie hatte ihm nicht gesagt, dass er ihr priesterlicher Gärtner war, noch ihm ihren geheimen Namen für ihren leblosen Arm anvertraut.

ZEHNTES KAPITEL

Yugen

> Eine Umfriedung des gesamten Gartens ist für deine Atmosphäre der Abgeschiedenheit wichtig und verleiht selbst einem großen Garten eine Aura von Verschwiegenheit, so dass sich beim Durchschreiten Ergriffenheit einstellt …
>
> Julie Moir Messervy *Contemplative Gardens*

An diesem Abend kamen sie nicht zum Essen. Als Tristan sie zum Haus zurückbrachte, bot er an, ihr aus den nassen Kleidern zu helfen, aber sie versicherte ihm, dass sie damit sehr gut allein fertig würde. Natürlich war sie es gewohnt, mitten in der Nacht bis auf die Haut durchnässt nach Hause zu kommen und sich die klatschnassen Sachen vom Körper zu ziehen! Sie bezweifelte, dass sie sich überzeugend anhörte, aber Tristan schien ein untrügliches Gespür für ihre jeweiligen Wünsche und Bedürfnisse zu haben.

Es dauerte zwar eine Weile, aber sie schaffte es. Es gelang ihr sogar, ihre nassen Sachen in den Trockner im Raum neben der Küche zu stecken. Maggie wollte auf jeden Fall vermeiden, dass Suzy am nächsten Vormittag ihre nassen Klamotten entdeckte.

Maggie glaubte, lange wach zu bleiben, aber sie schlief sehr schnell ein und träumte. Träumte vom Wasser und von Tristans Zunge in ihrem Ohr. Und auch davon, dass sich ihre Beine im Wasser spreizten.

»Oh!«, schrie sie laut auf, als sie morgens erwachte. Das Gefühl seiner Zunge war so real gewesen, dass sie einen Moment lang geglaubt hatte, er läge neben ihr im Bett. »O mein Gott«, murmelte sie. Ein grauenhaftes Gefühl peinlicher Verlegenheit überkam sie. Dann setzte Verunsicherung ein. Hatte sie alles nur geträumt? Was war real und was nicht? War sie tatsächlich mit Tristan im Wasserfallbecken der Steins gewesen? Langsam und bruchstückhaft setzte die Erinnerung ein. Er hatte ihre Brüste umfasst. Aber durch die Bluse. Da war sie sich sicher, ziemlich sicher. Aber warum? Warum hatte er nicht versucht, ihre Haut zu berühren? Wieder spürte sie seine Zunge in ihrem Ohr. Sie fühlte sein Flüstern, drängend, sinnlich. Und wenn sie das alles doch nur geträumt hatte? Wenn er einer alten Frau nur helfen wollte, wieder ins Leben zurückzufinden, wenn er sie bei der Gartenarbeit nur ein wenig unterstützen wollte? War sie eine komplette Närrin? Fast wünschte sie sich, er würde heute Abend nicht kommen. Himmel, ihr schauderte, wenn sie nur daran dachte, wie sich ihre riesigen Brustwarzen unter der nassen Bluse abgezeichnet hatten. Es sollte für törichte alte Katholikinnen, die zwar nicht im eigentlichen Sinne sündigten, aber unsäglich peinliche Dinge taten, wirklich eine Alternative zur Beichte geben.

Aber natürlich würde er heute Abend kommen. Und

es war an ihr, für das Abendessen zu sorgen. Aber was war eigentlich aus dem Hühnchen geworden, das er gestern abend mitgebracht hatte? Sie wusste nicht, wie sie ihm heute Abend unter die Augen treten sollte. Der Vormittag schlich mit quälender Langsamkeit dahin, während Maggie zwischen Anfällen hysterischen Gelächters und hochnotpeinlicher Verlegenheit schwankte, wenn sie an ihre so wenig elastischen, so wenig attraktiven Brüste dachte.

»Nanu, Mom. Warum wirst du denn rot?«

»Großer Gott, Ceil!«, entfuhr es Maggie. »Wo kommst du denn her?«

»Nun, durch die Tür«, erwiderte Ceil, als sie auf Maggie zutrat, die im Wintergarten saß.

»Ich habe dich gar nicht gehört.«

»Offensichtlich nicht. Du hast vor dich hin gekichert und wurdest plötzlich blutrot. Über fliegende Hitze bist du doch wohl hinaus. Was war denn so komisch?«

Maggie begann hysterisch zu lachen. Wie könnte sie ihrer Tochter erzählen, woran sie gedacht, was sie getan hatte? Die nasse Bluse! Mein Gott!

»Mom ... Mom! Beiß dir bloß nicht auf die Zunge, Mom ...« Aber Maggie konnte einfach nicht aufhören. Schon bald prustete auch Ceil los. Sie lachten, bis ihnen die Tränen kamen. Sie nahmen einander bei den Händen. Ceil drückte die linke Hand ihrer Mutter.

Mit der rechten fuhr sich Maggie an den Mund, um ihre Zunge zu schützen.

»Worüber haben wir eigentlich gelacht?«, keuchte Ceil schließlich.

»Das kann ich dir nicht sagen«, ächzte Maggie lachend.

»Kannst oder willst du es nicht?«, erkundigte sich Ceil.

Maggie holte tief Luft. Langsam beruhigten sie sich wieder. Ceil zog ein Taschentuch hervor und reichte es ihrer Mutter, die sich die Lachtränen von den Wangen wischte. »Ich will es nicht«, sagte sie endlich.

»Du willst nicht?« Neugierig erstaunt runzelte Ceil die Brauen.

»Es ist wirklich zu peinlich.«

»Aber ich bin deine Tochter, um Himmels willen.«

»Ja, das macht alles nur noch schlimmer.«

»Ich bitte dich, Mom!«

»Dränge mich nicht. Hast du denn keine Geheimnisse, Ceil?«

Sobald die Worte heraus waren, erkannte Maggie, was sie da gesagt hatte. Ein Schatten glitt über Ceils Gesicht. Sie schluckte, senkte den Blick, stand auf und ging zum Fenster. Es war, als wäre irgendetwas im Raum zerbrochen. Ceil würde ihr nie Vorwürfe machen, nie zornig werden. Das war nicht Ceils Art. Sie würde einfach schweigen und sich in sich selbst zurückziehen. Maggie wollte sagen, wie leid es ihr tat, wusste aber, dass das alles nur noch verschlimmern würde.

»Und warum bist du gekommen?«, fragte Maggie unbeholfen.

»Nur, um nach dir zu sehen, Mom.« Ihre Stimme hatte einen kleinen nervösen Nachhall. Maggie wusste, dass sie gegen das Verlangen ankämpfte, ein Glas zu trinken. Es war erst elf Uhr. Für Maggie noch nicht einmal Lunch-Zeit. Sie sah, wie sich Ceils Hände um das Fensterbrett krallten.

»Wie lieb von dir, Ceil. Aber du machst dir zu viele Sorgen um mich.«

So vieles blieb unausgesprochen. Sie sollte sich mehr um ihren Mann Gordon kümmern. Sie sollte mehr zu tun haben, als vorbeizukommen, um sich nach dem Wohlergehen ihrer Mutter zu erkundigen. Ceil war noch nicht einmal vierzig. Sie sollte es den anderen betuchten Ehefrauen in Boston und Cambridge nachtun: Aerobic-Kurse besuchen, im Vorstand eines Wohltätigkeitsvereins sitzen oder in einen dieser Buchclubs eintreten. Maggie hörte ständig davon, dass neue Buchclubs wie Pilze aus dem Boden schossen, in denen man zusammenkam und versuchte, endlich einmal Proust zu lesen. Meistens war es Proust oder ein anderer Klassiker, für dessen Lektüre sie bislang nicht genug Disziplin aufbringen konnten. Hatte Ceil denn überhaupt nichts zu tun?

Adams hatte zumindest vorgegeben, in seiner Börsenmaklerfirma zu arbeiten. Doch was war mit Ceil?

Wie konnte es angehen, dass sie, Maggie, eine einundsechzigjährige Hemiplegtikerin, mehr Freude am Leben hatte als ihre Tochter, die mehr als zwanzig Jahre jünger war? Sie fragte sich, ob Ceil und Gordon häufig miteinander schliefen. Wenn ein Partner dem Alkohol zuneigte, dann sollte es vermutlich besser die Frau sein, weil Erektionen dann kein Thema waren. Und wenn Ceil mit Gordon schlief – konnte sie sich daran erinnern?

»Was starrst du mich so an, Mom?«

»Oh, es gibt keinen Grund, Liebes. Wirklich nicht.« Maggie hätte alles dafür gegeben, den Moment zurückzuholen, als Ceil ihre Hand hielt und sie beide lachten, bis ihnen die Tränen kamen. Aber der Moment war vergangen, hatte sich in nichts aufgelöst. Schweigen breitete sich aus.

»Ich muss nur noch schnell ins Bad. Danach werde ich gehen«, sagte Ceil unvermittelt. Sie machte einen Umweg über die Küche. Das hörte Maggie an ihren Schritten. Wenn sie sich sehr anstrengte, könnte sie hören, wie Ceil die Flasche aufschraubte. Um zu wissen, dass sie kein Glas benutzte, brauchte sie nicht zu lauschen. Sie würde auch nicht lauschen. Das war Ceils Leben, nicht ihres. Sie schloss die Augen. Ein Sonnenstrahl fiel auf Maggies Gesicht. Sie fühlte ihn. Sie sah, wie sich das Innere ihrer Lider buntscheckig verfärbte, so etwas wie funkelnde Sterne zuckten auf. Wieder spürte sie den Druck in ihrem Becken, als sie im Wasser die Beine gespreizt und sich vorgestellt hatte, dass Schilfgras zwischen ihren Schenkeln emporwuchs. Sie hörte nicht, wie die Haustür ins Schloss fiel.

Gegen Ende des Tages glaubte sie, dass sie ihre Gelassenheit wiedergewann, sich in den Griff bekam. Doch damit machte sie sich nur etwas vor, denn um sieben, als Tristan an die Tür klopfte, verfluchte sie sich dafür, ein Rotschopf zu sein. Die Haare mochten verblassen, aber nicht das Kapillarsystem, das für dieses verdammte Erröten sorgte. Sie spürte, wie es ihr den Hals heraufkroch. Sie konnte ihm kaum in die Augen sehen. Sofort plapperte sie los, ohne Tristan die Chance zu einer Begrüßung zu lassen.

»Wissen Sie, Tristan, eigentlich ist überall im Garten noch verdammt viel Mauerpfeffer.«

Verdammt viel. Wie komisch sich das anhörte. Gar nicht wie Maggie. Er lächelte in sich hinein. Sie war verlegen wegen gestern Nacht. Wie liebenswert. Dabei hatte er sich bemüht, es sehr behutsam anzugehen. Anzugehen? Das klang ja nach einem Teenager, der einem Mädchen an die Wäsche wollte. Jetzt ertappte er sich dabei, wie er auf seine Stiefel hinunterstarrte und mit einer Stiefelspitze auf dem Boden scharrte. Er hatte ihr doch nur ausreden wollen, dass sie sich hässlich fühlte. So war es doch, oder?

»Ja, an manchen Stellen steht er noch sehr dicht«, antwortete er, ohne aufzublicken.

»Wissen Sie«, fuhr Maggie fort, »da hinten, wo der Waldpfad ein wenig abfällt, gab es früher einen wundervollen Teppich von Lungenkraut. Ich hatte ihn mit spätblühenden Tulpen unterpflanzt. Das war ein herrlicher Anblick. Ich bezweifle zwar, dass die Tulpen überlebt haben, hege aber noch Hoffnungen für die Pulmonarien. ›Mistress Moon‹ – so heißt die Züchtung. Eine der schönsten«, rasselte sie ohne Punkt und Komma herunter. Er kannte die Stelle, von der sie sprach. Sie begannen auf den Senkgarten zuzulaufen. Sie mit ihrem Laufgerät. Er neben ihr, aber nicht zu nahe. Es war, als hätte das fallende Wasser gestern Nacht eine gläserne Wand zwischen ihnen errichtet. Beide bedauerten die Distanz, betrauerten ihre frühere Intimität, die sich nun offenbar als flüchtiger Gast aus einer Traumwelt, vielleicht sogar als Trugbild erwiesen hatte. Sie schienen bestürzt über ihre Entfremdung.

Das Lungenkraut war zu retten, aber nur eine einzige lilienblütige Tulpe hatte überlebt. Ein dichtes Netz von Weinranken hing von einem nahestehenden Baum herab und drohte die Tulpe, die Pulmonarien und selbst den Mauerpfeffer zu ersticken. Seite an Seite und auf den Knien arbeiteten sich Maggie und Tristan vorwärts, ihre Schultern nur wenige Zentimeter voneinander entfernt. Doch noch immer stand die unsichtbare Wand zwischen ihnen. Keiner von ihnen wusste, was er sagen sollte. Unbehagliches Schweigen breitete sich aus. Schließlich wurde es von Maggie gebrochen.

»Meine Therapeutin sagt, es wäre gut für meinen kranken Arm, wenn ich mich vorbeuge und ihn mit meinem ganzen Gewicht belaste. Genau das versucht sie bei der Therapie … Sie versucht, ihn wieder in die Schulter einzurenken.«

»Und warum das?«

»Oh, durch die Lähmung besteht die Gefahr, dass sich das Schultergelenk irgendwie auflöst. Die Kugel löst sich aus der Gelenkfassung und … und …« Sie setzte sich auf ihre Fersen zurück, ruhte sich aus und stützte den kranken Arm mit dem gesunden. Nie würde sie wissen, warum sie die nächsten Worte aussprach. »Habe ich Ihnen schon gesagt, dass er einen Spitznamen von mir erhalten hat?« Plötzlich kam sie sich vor wie ein Zuschauer, ein Lauscher ihrer eigenen Stimme und der folgenden Unterhaltung.

»Für wen?«

»Für meinen kranken Arm.«

»Und wie nennen Sie ihn?«

Sie begann zu kichern. »Sie sind der erste Mensch, dem ich es sage.«

»Nun, dann sagen Sie es doch endlich, Flaherty.«

»Schlappfisch!« Sie bewegte ihren kranken Arm mit dem gesunden auf und ab. Die Glaswand zerbrach. Beide begannen zu lachen, und dann passierte, was seit Monaten nicht mehr geschehen war. Wie ein grässlicher pinkfarbener Aal glitt ihre Zunge aus dem Mund, und plötzlich tropfte Blut über Maggies Kinn.

»Moment mal, Maggie.«

»Was ist denn?«

»Sie bluten da ein bisschen.«

Sie schlug sich mit der Hand vor den Mund. Ihre Pupillen wurden riesengroß und schienen zu erstarren. Das namenlose Entsetzen in ihren Augen erschreckte Tristan mehr als das Blut. »Maggie!«, flüsterte er, streckte den Arm aus und wollte ihr die Hand von den Lippen ziehen. Sie wehrte sich. Sie konnte nur an eines denken: an das grauenhaft verzerrte Gesicht, das sie im Spiegel gesehen hatte. Wie irgendeine Schreckgestalt aus einem Horrorfilm würde sie sich vor seinen Augen in ein Skelett verwandeln. Er legte seinen Arm sanft um ihren Kopf und zog ihn an sich, damit er in seiner Armbeuge ruhte. Sie spürte seine Worte auf ihrer Wange. »Es ist ja gut«, flüsterte er. »Lassen Sie mich nur einen Blick darauf werfen.«

»Nein. Nein!«, jammerte sie und behielt die Hand auf dem Mund.

»Wovor fürchten Sie sich denn so? Es sind doch nur ein paar Tropfen Blut.«

Wie konnte sie ihm begreiflich machen, dass es nicht nur um das Blut ging?

»Sie sind schön«, flüsterte er. »Sie sind schön und etwas ganz Besonderes.«

Leicht wie ein Blatt fiel Maggies Hand in die seine.

Zögernd und verängstigt blickte sie ihn an. Er lächelte ein bezaubernd zärtliches Lächeln. »Jetzt ist da überhaupt kein Blut mehr zu sehen. Nur dieses wunderschöne Gesicht, das ich unentwegt halten und ansehen möchte.«

Lange Zeit hielt er ihren Kopf in seinem Arm, dann beugte er sich zu ihr herab und küsste sie. Wie eigenartig, dachte Maggie. Eben noch hatte sie sich von Verzweiflung und Entsetzen überwältigt gefühlt, doch das schien auf geheimnisvolle Weise verschwunden und durch ein sehnsüchtiges Verlangen ersetzt worden zu sein. Sie verspürte den Druck in ihren Lenden und erinnerte sich an das zwischen ihren Schenkeln strömende Wasser in der vergangenen Nacht, das Gefühl treibender Schilfgräser zwischen den Beinen. Dann spürte sie seine Zunge in ihrem Mund. Inzwischen lag sie auf dem Gartenweg. Er überschauerte sie mit flinken, kleinen Küssen. Kurz hob er das Gesicht. An seinem Kinn sah sie ein wenig Blut, ihr Blut, aber das war nichts, um darüber schockiert zu sein. Seine Hand griff in ihre Bluse und fuhr mit den Fingerspitzen leicht über ihre Brustwarzen. »O mein Gott«, murmelte Maggie. Seine Berührung schien sie in Flammen zu setzen.

»Da hinten am Pfad zum Senkgarten gibt es eine besonders weiche Stelle.« Er hob sie auf die Arme und ging los. Nach ein paar Metern lag ein großer flacher

Stein mitten auf dem Weg – wie eine Türschwelle. Es war ein *Fumi-ishi*-Stein, wie Tristan erkannte, und markierte einen Eingang oder den Beginn eines Weges durch einen japanischen Garten. Ein Hartriegel breitete seine weißen Blütenzweige über den Pfad, der sich an dieser Stelle verengte. Zwischen Trittsteinen bauschten sich Thymianpolster. Links stand eine steinerne Laterne. Jetzt wusste Tristan, daß er Maggie über einen klassischen *Roji* oder »erfrischenden Pfad« trug, der in einen Garten, meist einen Teegarten, führte und den Besucher spirituell einstimmte. Kleine Mooshügel begannen sich zu beiden Seiten zu erheben. Hier und da erzitterten weiße Trilliumblüten im Abendwind. Ihre zarten Petalen wirkten wie Schmetterlingsflügel. Tristan erblickte eine Üppigkeit, die der Vernachlässigung und dem Verfall des restlichen Gartens getrotzt hatte. Direkt vor ihnen, am Eingang zum ersten Senkgarten stand ein mit Regenwasser gefülltes Bassin. Auf der Oberfläche schwammen zwei leuchtendrote Blätter, die aus dem Gewölbe der Fächerahorne gefallen waren.

Der erste Garten war ein moosiges Reich. An perfekter Stelle, etwas abseits des Zentrums, lag ein grauer Felsbrocken, ein *Haku-un-seki*-Stein, der eine Wolke symbolisierte. Tristan wusste, dass er einen traumhaften Ort betrat, eine Tapisserie aus Träumen, ähnlich dem Tempelgarten Saiho-ji in Kyoto. Behutsam setzte er sich mit Maggie so auf das Moos, dass sie zwischen seinen Knien saß. Er umschlang sie mit den Armen, und beide betrachteten den Garten.

Ein silberner Mondstrahl durchdrang das zarte Laubdach und fiel auf eine Madonnenlilie. »Ich kann es kaum glauben«, wisperte Maggie.

»Was?«

»Die Lilie da in der Ecke.«

»Die Madonnenlilie? In spätestens zwei Wochen wird sie blühen.«

»Es ist ein Wunder.« Noch waren die Blütenknospen geschlossen, zeigten aber bereits an den Rändern erste Spuren von Weiß. »Nie hätte ich geglaubt, dass sie es schafft. Zu schattig. Es war riskant, sie hier zu pflanzen.«

»Sie sind zäh.«

»Aber ...« Bedächtig sah Maggie sich im Garten um. Ihre Augen begannen sich an die Dunkelheit zu gewöhnen. Auch andere Pflanzen begannen aus der Nachtschwärze zu treten. Vor dem *Haku-un-seki*-Stein konnte sie einen kleinen Teppich aus Schneeglöckchen und Traubenhyazinthen erkennen. Waren die Zwiebelgewächse ebenso erstaunt über ihre Anwesenheit wie sie über die ihre? »Damit ... damit hätte ich nie gerechnet ...« Nachdenklich verstummte sie, wandte den Kopf und sah Tristan an. »Wissen Sie, dass es hier passiert ist?«

»Was?«

»Das Komische ist ...« Sie brach ab und begann von

vorn. »Mein Schlaganfall. Am Morgen hatte ich die Madonnenlilie gepflanzt, und nachmittags wollte ich die Mauer ausbessern. Als mir schlecht wurde … Nun, zunächst verspürte ich Übelkeit und hatte furchtbare Kopfschmerzen, als ich gerade ein paar Zwiebeln setzen wollte. So viele Traubenhyazinthen und Schneeglöckchen waren fortgeblieben, daher hatte ich neue gekauft. Aber meine Hände wollten mir nicht gehorchen, vor meinen Augen verschwamm alles, so dass ich nicht richtig graben konnte. Ich bin sicher, dass ich sie viel zu flach gepflanzt habe. Vielleicht sogar verkehrt herum. Aber da sind sie.«

»Wie du.« Sanft strich ihr Tristan über die Wange.

Der Hauch eines Lächelns überzog Maggies Gesicht. »Ja«, sagte sie leise. »Und du auch.«

Er rückte von ihr ab und ließ sie auf das Moos sinken. Er beugte sich über sie und küsste sie. Sie spürte seine Hände auf ihrer Brust. Dann bewegten sich seine Hände auf ihre Taille zu. Er streifte ihr die seidenen Gartenhosen von den Hüften, dann die Unterhose. Sie spürte das Moos weich an ihrer Haut, als sie darauf wartete, dass er seine Hosen öffnete. Dann drang er in sie ein.

Er spürte, wie sie sich bemühte, seinen Stößen zu begegnen, und allein ihr Versuch erregte ihn noch mehr. Er legte ihr eine Hand in den Rücken und schob sie näher an sich heran. Er wollte sie in sich hineindrücken und sich selbst in sie. Er hätte sie bis zum Himmel emporgehoben, wenn nötig. Und Maggie schwamm in Seligkeit. Sie hob den Blick und sah durch den filigranen Blättervorhang in den nächtlichen Sternenhimmel. Sie spürte die Schneeglöckchen in wenigen Metern Entfernung erzittern. Die Madonnenlilie öffnete ihre Knospen um den Bruchteil eines Millimeters weiter, und Maggie selbst schien sich aufzulösen und zu einem Teil der Vegetation um sie herum zu werden. Es war nicht nur so, als wäre ihr ihr Körper wiedergegeben, sondern hätte sich auch bis zur Unkenntlichkeit verändert, wie er da vor Verlangen erschauerte. Da gab es geheime Abgründe von Lust, die ihr bis zu diesem Moment verborgen geblieben waren. Sie, die seit fast fünfzehn Jahren keinen Sex mehr gehabt hatte, verging fast vor Verlangen, als sie sich auf geheimnisvolle Weise halb erhob und ihm entgegendrängte. Sie spürte die Anfänge eines Orgasmus. Er überfiel sie mit einer solchen Macht, dass sie sich zuckend auf dem Moosbett wand.

Danach blickten sie einander lange und schweigend an. Ein Ahornblatt segelte träge herab und blieb knapp unterhalb des Nabels auf ihrem Bauch liegen. Tristan legte seine Hand zwischen ihre Beine und begann sie wieder zu küssen. Dann bewegten sich seine Lippen sehr langsam und sehr zärtlich ihren Körper hinunter. Erneut glaubte sie, vor Verlangen zu vergehen. Sein Mund wanderte weiter, küsste und biss spielerisch in die Haut ihrer linken Körperseite, die im Vergleich zu ihrer rechten noch immer gefühllos war. Seine Lippen liebkosten ihren linken Arm und ihre linke Brustwarze, wanderten weiter hinunter, bis er zu dem Ahornblatt kam. Er nahm es auf.

Mit dem Ahornblatt begann er federzart über die Innenseiten ihrer Schenkel zu streichen, höher und höher, bis zu den feuchten Petalen. Sie stöhnte vor Lust. Sie dachte an Fingerhüte im ersten Sonnenlicht, wenn der Tau in den pinkfarbenen Blütenkelchen glitzerte. Sanft glitten seine Finger zwischen ihre Schamlippen.

»Komm, Tristan. O Gott, komm!«

Er schob seine Hosen mit einem Fuß beiseite und stellte sich breitbeinig über sie. Er griff unter ihre Arme, wie beim ersten Mal, als er sie hochgehoben hatte. »Was machst du da?«, hauchte sie.

»Kannst du dich eine Minute lang auf den Knien halten?«

»Ja.«

Er legte sich auf den Rücken. »Komm her, Flaherty«, sagte er und streckte die Arme aus. Er umschlang sie und zog sie auf sich zu. Jetzt erkannte sie, was er von ihr wollte. Sie bemühte sich, ihr linkes Bein über seinen Körper zu schieben. Sie mussten lachen. Er griff nach ihrem linken Bein und zog es in die richtige Position. Jetzt saß sie auf ihm, aber zu hoch. Sie blickte über die Schulter und sah seinen gewaltigen Penis in der Dunkelheit aufragen.

»Da musst du hin.« Lachend richtete er sich so auf,

dass sie seinen Bauch hinunterrutschen konnte. Jetzt spürte sie ihn warm und feucht in ihrem Rücken. Tristan schob seine Hände unter ihren Po und hob sie leicht an. Dann spürte sie ihn hart und fest zwischen ihren Beinen. Er griff zu und schob ihn in sie hinein.

»Jetzt bist du dran!«

Maggie ritt hoch durch die Nacht, als er seine Hüften hochstemmte. Lächelnd sah sie auf ihn hinunter. Es war ihr gleichgültig, ob sich ihr Gesicht verzerrte oder ihr Lächeln nach rechts wegglitt. Und während er in sie hineinstieß, entdeckte sie, dass sich neue Pflanzen durch das Moos nach oben schoben. Die leuchtend grünen Blattspitzen der späten Frühlingszwiebeln, die sie gepflanzt hatte, um die schattigsten Ecken aufzuhellen, drängten aus dem Boden. Sie alle erkämpften sich mit ihren verwobenen und geheimnisvoll tief in der Erde ruhenden Wurzeln ihren Weg an die Erdoberfläche. Sie blickte auf ihre Hüften, die stetig und fest gegeneinanderstießen. Sah feuchtes Rosa zwischen Haarbüscheln. In ihr wurde er noch größer. Das spürte sie. Füllte sie aus.

Tristan kam zu der Erkenntnis, dass in sexueller Hinsicht die Narzisse ›Bell Song‹ Maggies Farbe hatte. Ihr Schamhaar, das früher einmal vermutlich leuchtend rot gewesen war, war jetzt von einem Orange mit einem leichten Pinkeinschlag wie die Narzissenblüte. Diese Farben, das intensive Leuchten ihrer grünen Augen und die sanften Bewegungen ihrer Brüste, die über ihm hingen wie zwei schwankende Monde, machten ihn zum willfährigen Opfer einer urtümlichen erotischen Verschwörung. Er fühlte sich kommen.

Die Moosflächen des Gartens schienen sich abwechselnd auszudehnen und zusammenzuziehen. In einem Moment fühlte sich Tristan wie ein Riese in einer winzig kleinen Welt, um im nächsten von der ungeheuerlichen Ausdehnung der Nacht überwältigt zu werden. Er wusste, dass das in gewissem Sinne das Geheimnis jedes echten japanischen Gartens war: Jedes Gefühl für Maßstäbe schwand dahin, man verlor seine angenommene Größe, geistig wie körperlich. Er fühlte sich abwechselnd hünenhaft und zwergig. Kurz bevor er kam, hatte er über Maggies Schulter einen flüchtigen Blick auf den dahinterliegenden Garten geworfen. Für einen Moment schien der zweite Garten mit dem zu verschmelzen, in dem er sich befand, die Trennung war aufgehoben, die Illusion von Tiefe war perfekt.

In der japanischen Gartengestaltung wurde das Shakkei genannt. Inmitten der niedrigen, moosüberzogenen Mauer dieses Gartens gab es eine Lücke, die den Felsen in dem ein wenig tieferliegenden nächsten Garten rahmte. Der Stein, der möglicherweise kaum mehr als dreißig Zentimeter hoch war, ragte plötzlich wie ein Berg aus einer ungeheuren, wenn auch nur teilweise sichtbaren Landschaft auf. Das alles gehörte zu Maggies Konzept für ihre Senkgärten. Und durch diese Anlage brachte ihn Maggie dem Geheimnis näher, um das es den priesterlichen Gartengestaltern des alten Japan stets gegangen war. Sie nannten es Yugen, und es bedeutete Ruhe, Reglosigkeit, das Immerwährende im Flüchtigen. Es bedeutete Mysterium und Tiefe.

»Hast du jemals das Wort Yugen gehört?«, flüsterte er Maggie ins Ohr, als sie später in seinen Armen auf ihm lag.

»Ja«, wisperte sie zurück.

»Der japanische Mönch Shotetsu, er lebte im fünfzehnten Jahrhundert, hat einmal gesagt, dass Yugen der Wolkenschleier sein kann, der den Mond verhüllt, oder der Herbstnebel, der sich an einem Berghang auf die scharlachroten Blätter der Bäume legt.«

»Oder die Reflektion der Farbe einer Blüte in einem Tautropfen am Morgen«, flüsterte Maggie.

»Ja«, sagte er und strich ihr zärtlich über den Rücken. Also weiß er es, dachte Maggie. Er weiß, was er für mich ist, und ich brauche es nie auszusprechen.

Yugen bedeutete auch bleibender Nachklang vergänglicher Dinge, und sie wussten beide, dass, was immer auch geschah, wenn ihnen nichts blieb, sie doch alles hatten. Das war das Paradoxon des Lebens, das Rätsel eines japanischen Gartens.

Nach Mitternacht trug Tristan Maggie ins Haus zurück. Er badete sie und legte sich dann neben sie ins Bett. Im ersten Morgengrauen stand er auf. Sie bewegte sich. Er küsste sie. Sie murmelte, dass es nicht gut wäre, wenn Suzy ihn in ihrem Bett fände.

Sie schlief wieder ein. Und träumte nichts. Sie schlief tief und fest, bis sich der Schlüssel im Schloss der Haustür drehte.

Es gab zwei Zeugen für Maggies und Tristans erste Liebesnacht im Garten. Den ersten hatte Maggie bemerkt, als Tristan seine Hände unter ihren Po schob. In den Zweigen des Fächerahorns hing ein wundervolles Spinnennetz. Im Schein des Mondes hatte sie die Spinne auf einem der Querfäden des feingewobenen Netzes entdeckt. Der zweite Zeuge war eine grüne Florfliege, die sich für einen kurzen Moment auf einer Astilbe niederließ.

Das Wetter in dieser Woche war warm und klar, und jeden Abend kehrten sie in den Stufengarten zurück, um sich im Beisein neuer nächtlicher Zeugen zu lieben. Das stimmte Maggie glücklich, denn noch eine Woche zuvor hatte sie geglaubt, der Garten wäre von allen Geschöpfen verlassen – selbst von den Vögeln. Aber sie waren noch da. Als Maggie vor Lust stöhnend den Kopf zurückwarf, flog keckernd ein Eichelhäher über sie hinweg. Und im Schein des vollen Mondes konnte sie alle sehen: die Schnecke auf der niedrigen Mauer, einen blassgelben Nachtfalter, die lautlos dahingleitende Fledermaus.

In der nächsten Woche war es regnerisch, und Tristan beschäftigte sich mit Aufträgen am North Shore von Boston sowie in Manchester und flog danach zu den Steins nach Nantucket. Maggie hatte ihm den Schlüssel zur rückwärtigen Tür gegeben, und wenn er, oft sehr spät abends, zurückkehrte, schlüpfte er neben sie ins Bett. Dann liebten sie sich und noch einmal im fahlen Licht der Morgendämmerung. Er verließ sie, bevor Suzy erschien.

Ende Mai war der Hartriegel verblüht, und das Exemplar am Beginn des Roji-Pfades prunkte mit frischem, grünem Laub. Tristan fand es bemerkenswert, dass es nicht vom Triebbohrer befallen war, der so viele der amerikanischen Dogwoods vernichtete. Dennoch spritzte er das Gehölz, »vorsorglich«, wie er sagte.

»Ist es nicht wundervoll, dass wir uns keine Sorgen mehr zu machen brauchen?«, bemerkte Maggie. Sie lagen im Bett, vor den Fenstern fiel leichter Regen.

»Über was?«

»Über eine Schwangerschaft. Oder dachtest du, ich hätte den Triebbohrer gemeint?«

»Sorglosigkeit hat zu meiner ersten Ehe geführt.«

»Nein! Tatsächlich?«

»Ja. Ich war ziemlich naiv.«

»Nun, es gehören immer zwei dazu.«

»Vermutlich. Hast du vor der Hochzeit mit deinem Mann geschlafen?«

»Einmal.«

»Nur ein einziges Mal?«

»Ja. Und das war so, dass ich eine Beichte für überflüssig hielt.«

Tristan lachte schallend. »War wohl nicht gerade das, was du dir erträumt hattest, oder?«

»Nun, nicht unbedingt. Ich war noch Jungfrau. Adams und ich waren verlobt. Er hatte getrunken und glaubte, das sei der Grund dafür, dass es eine solche Enttäuschung für mich wurde. Und vielleicht war es auch so. Aber in den ersten Jahren unserer Ehe konnte er nur angetrunken und später nicht mehr, wenn er getrunken hatte. Was er auch tat, immer ging es irgendwie schief.«

»Hört sich nicht sonderlich berauschend an.«

»So schlimm war es gar nicht. Schließlich wusste ich bis jetzt nicht, was mir entging.« Er beugte sich vor und küsste ihre Brust.

»Und jetzt …«, flüsterte sie heiser.

»Und jetzt?«

»Jetzt kann ich gar nicht genug bekommen.« Sie lachte. »Glaubst du, dass ich zu einer einundsechzigjährigen Nymphomanin werden könnte?«

»Eine unanständige alte Lady, meinst du?« Er legte sich auf sie.

»Es würde mir gefallen. Sehr sogar. Es gibt nichts Wundervolleres, als eine unanständige alte Lady zu sein, besonders wenn man römisch-katholisch, irischer Herkunft und die Witwe eines Nachfahren von John Quincy Adams ist.«

Mit weit offenen Augen, fast staunend, nahmen sie einander tief in sich auf.

Am Memorial Day waren die Steins mehr oder weniger für den Rest des Sommers nach Nantucket entschwunden. »Eigentlich ist es eine Schande, gerade jetzt abzufahren!«, bemerkte Maggie, als sie an Tristans Arm durch den Garten ging. »Wie schön alles ist. Für diese spätblühenden Tulpen könnte ich glatt einen Mord begehen. Meine sind nahezu restlos verschwunden. Bei den vielen gefräßigen Eichhörnchen hier in Cambridge und dem Schatten ist es nicht leicht, sie längerfristig zu halten.«

»Das stimmt. Letzten Herbst bereitete ich zunächst einmal ein paar Pflanzflächen für die Zwiebeln vor, bevor wir mit der Umgestaltung des restlichen Gartens begannen. Mistress Stein wollte sie unbedingt haben, aber jetzt, da sie blühen, sind sie auf und davon nach Nantucket. So reiche Leute sind mitunter sehr komisch.«

»So ist es wohl.«

»Sie leben eigentlich nicht richtig in ihren Häusern. Irgendwie kommen sie mir vor wie Kulissengestalter, die Theateraufführungen inszenieren. Ständig ist Judith Stein auf der Suche nach neuen Immobilien. Sie haben ein Apartment in New York – Gott sei Dank gibt es dort für mich nichts zu tun. Sie haben ein Haus in Aspen. Und nun ist auch noch die Rede von Santa

Fe. Sie lieben Orte, die *in* sind. Die Gestaltung von Wüstengärten kann sehr reizvoll sein. Man hat es mit ganz anderen Farben und Strukturen zu tun. Und das Licht … Inzwischen habe ich da unten bereits einen anderen Auftraggeber.«

»Hey, Mom! Was machst du denn da drüben?«

»O mein Gott!«, murmelte Maggie.

Oberhalb der Mauer schwebte ein massives, gerötetes Gesicht wie ein seltsamer Ballon. Der Bursche musste auf der Leiter stehen, die Peter bei der Vorbereitung der Reparaturarbeiten zurückgelassen hatte.

»Adams! Das ist aber eine Überraschung.«

Das war Maggies Sohn? Tristan vermochte es kaum zu glauben. Der Typ sah alt genug aus, um ihr Bruder sein zu können – und nicht ihr jüngerer. Mit Ausnahme von Andeutungen, dass sie ähnliche Alkoholprobleme hätten wie ihr Vater, hatte Maggie ihm kaum etwas über ihre Kinder erzählt. Er wusste, dass sie ein wenig älter waren als seine eigenen, aber dieser Typ wirkte wie weit jenseits der fünfzig.

»Wir sollten lieber wieder hinübergehen«, sagte sie nervös. Ihre Hand umspannte Tristans Arm wie eine Klaue.

Konzentriere dich! Konzentriere dich! Erstmals seit Wochen konnte Maggie die Worte nicht formulieren. Buchstaben, Töne, Wortfetzen zuckten ebenso willkürlich wie sinnlos durch ihren Kopf. »Ich möchte« wäre ihr fast als »Ringelblumen« über die Lippen gekommen. Dabei wusste sie sehr genau, was sie wollte: Tristan und Adams miteinander bekannt machen. Aber die Worte entzogen sich ihr. Umflatterten sie erst wie Schmetterlinge und verhöhnten sie mit einer Brillanz, die ihnen nicht zukam. Und dann waren sie keine Schmetterlinge mehr, sondern mausgraue Falter in der endlosen Nacht ihrer zunehmenden Aphasie. Die einfachsten Worte fehlten ihr, simple Worte wie: Adams, das ist Mister Mallory, der Gartengestalter der Steins … Und das ist mein Sohn Adams …

Aber Adams sah nicht gut aus. Hatte noch nie besonders gut ausgesehen. Seine Nase hatte neue Beulen bekommen, und seine Augen wirkten nicht nur trübe, sondern unendlich traurig. Mitleid für ihren einzigen Sohn regte sich in ihr, und endlich kamen auch die Worte. »Adams, das ist Mister Mallory«, sagte sie so langsam, als müsste sie jedes einzelne aus hartem, unnachgiebigem Fels herausmeißeln. »Er ist der Landschaftsgestalter, der dieses Wunder vollbracht hat.« Sie deutete mit ihrer gesunden Hand auf den Garten der Steins. Ihr anderer Arm war bei Tristan eingehakt. Würde Adams das für seltsam halten? Dass sie nicht ihr Laufgerät benutzte?

»Mister Mallory war so freundlich, mir den Garten zu zeigen. Mister Mallory …« Sie sah Tristan nicht an. »Das ist mein Sohn Adams.«

»Wir kommen herüber«, meinte Tristan leichthin.

So hätte er es nicht sagen dürfen, dachte Maggie. Ich

werde Ihre Mutter wieder zu Ihnen bringen, hätte er sagen müssen.

Als sie wieder drüben waren, stand Adams neben dem neuen Plattenweg.

»Was'n das?« Mit seinem Martini-Glas deutete er auf die Steinplatten. Er ist betrunken, dachte Maggie wütend. »Ein Plattenweg, und ich habe tatsächlich gelernt, darauf zu laufen.« Ihr Herz raste.

»Muss 'ne hübsche Stange gekostet haben.«

»Keineswegs«, erwiderte Tristan. »Es waren eine Menge Steine übrig. Die Steins waren so freundlich, sie mich hier verlegen zu lassen. Sonst hätten sie den Abtransport und die Entsorgung bezahlen müssen.«

»Die Entsorgung«, wiederholte Adams dumpf.

»Yeah, die Entsorgung.«

»Und was ist mit Ihrer Arbeitsleistung?« Er starrte Tristan so arrogant an, dass es ihm Maggie niemals verzeihen würde.

»Kostenlos«, anwortete Tristan in einem eisigen Ton, den Maggie noch nie von ihm gehört hatte.

»Das ist ungemein liebenswürdig von Ihnen.«

»Ich sehe nun einmal nicht gern mit an, wie Ladies in ihrem eigenen Garten hinfallen.«

»Du bist gestürzt, Mutter?« Mit seitlich geneigtem Kopf wartete Adams auf die Antwort. Für Maggie sah er unglaublich einfältig aus.

»Ja, Lieber. Aber inzwischen bin ich wegen dieses Plattenwegs schon sehr viel besser zu Fuß.«

»Alsooo«, begann Adams gedehnt, »sind Sie nicht nur Gärtner, sondern auch Physss … Physch …« Er brach ab und versuchte es erneut. »Ein Physiotherapeut?«

Maggie befürchtete, jeden Moment zu explodieren. »Er ist Landschaftsarchitekt, Adams. Und ich glaube, du hast eine Spur zu tief ins Glas gesehen.«

»Was du nicht sagst!«

Empört starrte Tristan Adams an. Der Kerl war ja ein ausgesprochenes Stinktier! Maggies wenigen Worten über ihre Kinder hatte er entnommen, dass sie über das Trinken hinaus auf irgendeine Weise enttäuscht über sie war. Doch ein derartiges Verhalten hätte er nie vermutet.

»Warum bringen wir Ihre Mom nicht ins Haus?«, fragte er.

»Gute Idee. Das übernehme ich.«

Maggie erstarrte. »Oh, ich glaube, ich nehme lieber mein Laufgerät. Es steht gleich da drüben.«

»Das ist nicht nötig. Ich kann sehr gut auf dich aufpassen, Mutter.«

Bevor sie wusste, wie ihr geschah, riss er so heftig an ihrem gesunden Arm, dass sie das Gleichgewicht verlor. Zusammen mit Adams stürzte sie zu Boden.

»Tod und Teufel!«, schrie Tristan. »Haben Sie den Verstand verloren? Alles in Ordnung, Maggie?«

»Nichts passiert. Alles in Ordnung.« Sie war auf Adams gefallen, der sich dümmlich kichernd auf der

Erde wälzte. Dann schien er Tristans Worte zu begreifen.

»Was haben Sie da eben zu mir gesagt, alter Knabe?«

Maggie glaubte, ihren Ohren nicht trauen zu können. Snobismus war offensichtlich die letzte Zuflucht alkoholumnebelter Welles-Gehirne. Sie rappelte sich hoch, sah ihren Sohn an und hob die gesunde Hand. Es knallte.

»Du hast mich geschlagen, Mutter!«

»So ist es! Nie wieder will ich derart unerträgliche Äußerungen von dir hören. Du bist widerlich, sturzbetrunken, eine Schande!«

»In diesem Zustand kann er sich hinter kein Steuer setzen. Ich werde ihn fahren«, sagte Tristan.

»Wir rufen ein Taxi.«

»Also sitzen Adams und ich im Grunde im selben Boot«, seufzte Ceil. »Als absolute Versager.«

»Als hoffnungslose Alkoholiker«, entgegnete Maggie. »Wir sollten das Kind schon beim richtigen Namen nennen. Ob ihr Versager seid, werden wir sehen, wenn ihr endlich wieder nüchtern seid. Und du hast Adams gegenüber einen Vorteil. Joan hat ihn vor die Tür gesetzt und bereits die Scheidung eingereicht. Immerhin sagt Gordon, dass er bei dir bleiben will, wenn du eine Entziehungskur machst.«

»Ja, ich nehme es morgen in Angriff. Wir fahren früh ab. Es liegt in den Berkshires.«

»Sieh mal, Gordon liebt dich. Er will, dass du es schaffst. Er ist nicht wie Joan, und er weiß, dass die Kinder dich lieben. Adams war nie ein guter Vater. Aber du bist eine gute Mutter, wenn du nüchtern bist, Ceil.« Ceil fing an zu weinen. Maggie gab ihr ein Taschentuch. Ceil putzte sich die Nase, schluckte und blickte ihre Mutter an.

»Warum bist du eigentlich bei Dad geblieben?«

»Ich weiß es nicht. Vielleicht aus dem erbärmlichsten Grund von allen: Er tat mir leid.«

»Hast du ihn geliebt?«

»Ich bin mir nicht sicher«, log Maggie. Früher einmal, bevor sie Tristan kannte, wäre es die Wahrheit gewesen. Jetzt nicht mehr. Sie dachte darüber nach, dass man einer Tochter kaum sagen konnte, man hätte ihren Vater nie geliebt. »Aber es bestand aufrichtige Zuneigung. Und niemals hätte er sich so danebenbenommen wie Adams.«

»Adams macht sich Sorgen über finanzielle Dinge.«

»Mit Recht. Seine Maklerfirma bringt doch keinen Cent ein. Ich weiß, dass er die Rücklagen angreift.«

»Dasselbe glaubt er von dir.«

»Von mir? Warum sollte ich? Die Versicherung zahlt für alle Folgen des Schlaganfalls. Gerade habe ich Mistress Allen entlassen. Sie und Suzy sind die einzigen Kosten, die von der Versicherung nicht gedeckt werden.«

»Er glaubt, dass du mehr als vorgesehen für den Garten ausgibst.«

»Das ist doch unsinnig. Er weiß, dass Mister Mallory den Plattenweg kostenlos verlegt hat.«

»Der Garten sähe sehr viel besser aus, behauptet er. Das macht ihn misstrauisch.«

»Warum? Es ist ganz genau festgelegt, wieviel ich für den Garten aus Fonds A ausgeben darf. Es gibt keine geheimen Konten, an denen ich mich vergreifen könnte.«

»Er ist fest überzeugt, dass du Mistress Allen entlassen hast, um das Geld anders verwenden zu können.«

Maggie seufzte. »Was ich jetzt sage, betrifft nicht dich, Ceil«, sagte sie kühl, »aber Adams' brennendes Interesse an dieser Frage weckt in mir den Verdacht, dass er es kaum abwarten kann, dass ich sterbe, damit ich nicht mehr soviel von Fonds B verbrauche, von dem ich meine persönlichen Ausgaben bestreite.«

»O Mutter, wie kannst du nur annehmen, dass Adams, dein eigener Sohn, so etwas wünschen ...?«

Mit einer Handbewegung brachte Maggie ihre Tochter zum Schweigen. »Weil er ein Alkoholiker ist, Liebes.« Sie sah, dass Ceil blass wurde. »Seit zwei, fast drei Generationen bin ich das einzige abstinente Mitglied dieser Familie, Ceil. Ich habe gesehen, was der Alkohol aus Menschen macht. Wir glauben immer gern, dass nur die Kennedys im Vollrausch zu unsäglichen Dingen fähig waren. Aber lass dir von mir eines sagen: Auch wenn sich die Welles in der Öffentlichkeit ein wenig diskreter verhielten, waren und sind sie in volltrunkenem Zustand doch nicht weniger erbärmlich. Weißt du eigentlich, warum dein Vater diese Bestimmung über die Gartenausgaben in sein Testament aufgenommen hat?«

»Nein, warum?«

»Weil ich ihn in Maybanks angemeldet hatte, der teuren Entziehungsklinik. Eine Woche Maybanks kostete genausoviel wie der Garten im ganzen Jahr. Er war so wütend, dass er sein Testament änderte. Mir hat er kein Wort darüber gesagt. Und wie ich deinen Vater kenne, hätte er den Passus sicherlich wieder rückgängig gemacht. Aber unglücklicherweise starb er im Auto, als wir ihn in die Klinik bringen wollten.«

»O Mom!«

»Für deinen Dad ist es zu spät, Ceil. Ich fürchte, auch für Adams. Aber du hast in Gordon eine große Unterstützung. Verspiel diese Chance nicht. Die Liebe der Welles' zum Alkohol ist ein Fluch, aber sie braucht nicht dein Verhängnis zu werden.«

Ceil begann leise zu schluchzen. Maggie stand auf, ging zu ihrer Tochter und nahm sie in den Arm.

Überrascht sah Ceil sie an. »Du benutzt ja einen Stock, Mom.«

»Ja«, strahlte Maggie. »Ich habe mein Laufgerät inzwischen mit dem Stock vertauscht. Ist das nicht wunderbar?«

»Das ist es«, sagte Ceil leise und sah ihrer Mutter in die Augen. »Weißt du was, Mom? Ich glaube, wir beneiden dich.«

»Mich? Aber warum denn, um alles in der Welt? Ich bin ein einundsechzigjähriges Wrack.«

»Aber du bist die Einzige in der Familie, die verdammt viel erreicht hat. Vor einem Jahr wärst du fast gestorben. Du warst halbseitig gelähmt, konntest kaum sprechen.«

»Nun, man muss nicht erst einen Schlaganfall bekommen, um sich zu beweisen.«

»Aber das ist es nicht allein, Mom. Denk an deinen Regis-Abschluss. Summa cum laude.« Aber Maggie dachte nur, dass alle Auszeichnungen nicht viel wert sein konnten, wenn man nicht in der Lage war, seine Kinder zu lebenstüchtigen Menschen zu erziehen, und nicht klug genug war, eine sinnlose Ehe zu beenden – ganz zu schweigen davon, sie überhaupt eingegangen zu sein. »Du siehst sogar sehr gut aus, Mom.«

Maggie verzog das Gesicht.

»Was macht es da schon aus, wenn deine Haare langsam grau werden und du ein paar Fältchen kriegst.« Instinktiv fuhr sich Maggie mit der Hand an den Mund. »Für dein Alter hast du eine erstaunlich gute Figur. Eine bessere als ich.«

»Wenn du mit dem Trinken aufhörst und wieder ordentlich isst, wirst du deinen Blähbauch schnell los.« Er war ein alkoholtypisches Merkmal unter Welles-Frauen. Auch Ceils Tanten Nina und Lannie hatten ihn. Sie sahen aus wie Pirelli-Männchen, mit klapperdürren Beinen, aber hatten vorne fassähnliche Ausbuchtungen vom Becken bis zu den Brüsten.

»So, Mom«, sagte Ceil, als sie an der Tür standen. »Das wär's also für die nächsten drei Monate. Wünsch mir Glück.«

»Oh, das tue ich, mein Schatz. Das Leben hält sehr viel mehr für dich bereit als das nächste Glas. Davon bin ich überzeugt.«

»Du kannst mich jederzeit besuchen, wenn du willst.«

Maggie wusste es, hatte aber keine große Lust. »Das werde ich ganz bestimmt tun. Und auch schreiben.« Sie umarmte Ceil, küsste sie und winkte ihr nach, bis sie mit dem Auto davonfuhr. Dann schloss sie die Tür und lehnte sich aufseufzend von innen dagegen.

In den letzten beiden Tagen hatten ihre Kinder Maggie an den Rand akuter Erschöpfung gebracht. Erst die widerwärtige Szene mit Adams – ausgelöst durch das Scheidungsbegehren seiner Frau, die mit Sicherheit eine große Abfindung einklagen würde. Und dann Ceil. Immerhin schien Ceil jetzt die richtigen Schritte zu unternehmen. Ganz im Gegensatz zu Adams. Es überraschte sie nicht, dass sich Adams Sorgen über die Finanzen machte, wohl aber, dass diese Sorgen ihren Ausgaben galten. Und es entsetzte sie, dass er sich anmaßte, Rechenschaft über ihre persönlichen Ausgaben zu verlangen. Dieses Geld stand ihr zu. Viel war es ohnehin nicht. Selbst wenn sie es durch die Toilette spülen oder etwas davon für den Garten verwenden wollte, konnte sie das jederzeit tun. Maggie wusste nicht recht, was sie mehr erboste: Adams' Misstrauen oder seine Anmaßung.

Die ganze Episode mit Adams war zutiefst schockierend gewesen. Aber Tristan hatte eine hervorragende Haltung bewiesen. Das Beste daran war vielleicht, dass Maggie kein Bedürfnis verspürte, sich für das Verhalten ihres Sohnes entschuldigen zu müssen. Zwischen ihnen schien ein stillschweigendes Einverständnis darüber zu bestehen, dass das lächerlich gewesen wäre. Obwohl sie Tristan erst seit gut einem Monat kannte, schien er sie und ihre ethischen, geistigen und intellektuellen Standpunkte genau zu kennen und sehr wohl zu wissen, daß sie innerhalb ihrer eigenen Familie eine Fremde war.

Es gefiel ihr ungemein, dass er sie so oft Flaherty nannte. »Hey, Flaherty, heb dein reizendes Hinterteil und hilf mir, diese Ranken aufzubinden!«

»Hah!«

»Über was lachst du?«

»Mein reizendes Hinterteil, sonst noch was? Gott sei Dank hast du nicht frech gesagt. Ich hasse das.«

Oder die Art und Weise, wie er ihr den Stock aufgenötigt hatte. »Ich hoffe, du nimmst es mir nicht allzu übel, Flaherty, aber ich habe dein Laufgerät versteckt. Es ist höchste Zeit, dass du anfängst, dich mit dem Stock anzufreunden.« Und so hatte sie Gehversuche mit dem Stock unternommen. Tristan fungierte als Trainer und Therapeut. In der Bibliothek hatte er ein

Buch über Physiotherapie herausgesucht und sich über den Übergang vom Laufgerät zum Stock informiert. »Wenn wir nach New Hampshire gehen, solltest du dich problemlos mit dem Stock bewegen können«, sagte er.

»New Hampshire?«, fragte Maggie verblüfft. Er hatte ihr von seinem Haus in New Hampshire erzählt. Mit dem ummauerten Garten am Meer, der Wiese, dem Waldgarten, der in einen Sumpf mit großen Flächen von Frauenschuh überging, aber nie hätte sie geglaubt, dass er sie dorthin mitnehmen würde.

»Ja, New Hampshire. Wir werden gegen Ende des Sommers hinfahren, dann ist die Wiese am schönsten.« Alljährlich säte er eine ganze Wiese voller Einjahresblumen aus. In jedem Jahr wirkte sie anders. In einem Jahr hatten auf ihr nur Sonnenblumen gestanden, mehr als einhundert verschiedene Sorten. In einem anderen hatte die fein abgestufte Farbpalette Blumen vom blassesten Rosa bis zu glühenden Rottönen umfasst. Viele Künstler kamen eigens zu ihm, um die Wiese zu malen.

»Dir bleiben fast drei Monate, dich an den Stock zu gewöhnen. Um in das Esszimmer im Gemüsegarten zu gelangen, brauchst du einen Stock. Das Laufgerät ist dazu ungeeignet.«

»Ein Esszimmer im Gemüsegarten? Was um alles in der Welt ist das?«

»Ursprünglich habe ich es für meine Töchter gemacht. Du weißt doch, dass sich alle Kinder ein Gartenhaus wünschen. Ein Baumhaus hatte ich ihnen schon gebaut, aber dann kam Ruthie mit dem Wunsch nach einem Raum inmitten des Gemüsegartens. ›Mit Wänden, die genau wie richtige Wände sind, Daddy, zwischen denen man Möbel aufstellen kann.‹ Also säten wir ein Quadrat von Sonnenblumen und hatten im August Wände aus Sonnenblumen. Dann kamen die Mädchen auf den Einfall, das Quadrat als Esszimmer mitten im Gemüsegarten zu nutzen. Dazu brauchten wir einen Tisch. Da sie nicht wollten, dass er aussah wie ein simpler Picknicktisch, baute ich ihnen einen runden aus Teakholz. Innen vor die Sonnenblumen pflanzten wir Tagetes. Nicht unbedingt meine Lieblingsblumen, aber sie halten Insekten fern. Vom Rand des Gemüsegartens ist das Esszimmer nicht zu entdecken. Man sieht nur die hohen Sonnenblumen. Es führt kein richtiger Weg zu ihm. Man muss wissen, an welcher Salatreihe entlang man zu ihm gelangt.«

»Also gibt es das Esszimmer immer noch?«

»Natürlich. Ich pflanze es jedes Jahr neu. Du wirst es kennenlernen. Es kann auch ein Schlafzimmer sein.« Er lachte.

»Hast du für deine Mädchen noch andere Gärten angelegt?«

»Ein paar. Sie sind alle noch vorhanden.«

»Erzähl mir von ihnen.«

»Nun, unsere erste Tat war der Peter-Rabbit-Garten. Er musste unbedingt ›Farmer-MacGregor-sicher‹ sein.«

»Wie ist euch das gelungen?«

»Oh, die Mädchen malten Schilder mit der Aufschrift: ›Zutritt für MacGregors verboten‹ und ›Kaninchen willkommen‹. Dann zimmerten wir Frühbeetrahmen, wie sie in dem Buch abgebildet sind, und säten Radieschen und Mohrrüben hinein. Und dann, kurz nachdem meine Frau und ich uns getrennt hatten, legten wir den Zauberer-von-Oz-Garten an.«

»Hatten die Gärten immer irgendwelche Buchvorbilder?«

»Die ersten schon, weil die Mädchen einfach nur jede Menge Samen in die Erde bringen wollten. Aber jeder Garten hat eine Geschichte. Ich forderte sie auf, sich eine Geschichte auszusuchen, die ihnen besonders gut gefiel, und die nahmen wir zur Grundlage für einen Garten. Der Oz-Garten ist echt toll. Für den gelben Backsteinweg fand ich ein paar herrliche, mit gelben Flechten überzogene Steine. Er führt zu einem Bachufer, das wir mit Brunnenkresse bepflanzten. Das ist Emerald City. Du siehst, wie wichtig der Stock für dich ist, Flaherty. Wir müssen unbedingt nach New Hampshire, damit du dir alles ansehen kannst.«

Nachdem Tristan sie im Morgengrauen verlassen hatte, fand Maggie keinen Schlaf mehr. Unablässig musste sie an die Gärten für seine Töchter denken. Sie versuchte sich zu erinnern, ob sie jemals irgend etwas Vergleichbares für Adams und Ceil getan hatte. Als sie noch sehr klein gewesen waren, hatte sie jedem von ihnen ein kleines Beet und ein paar Samentüten zur Verfügung gestellt, doch sie brachten nicht das geringste Interesse dafür auf. Vielleicht hätte sie ihr Interesse intensiver wecken sollen. Aber Ceils Puppenhaus? Sie erinnerte sich dunkel daran, irgendwelche Teile und Möbelstücke zusammengeklebt zu haben. Ja, und an einen Hocker aus einer Garnrolle mit einem Polster aus Wollvlies – aber nein, den hatte ihre Mutter gebastelt. Wieder nicht richtig. Monsignor John hatte die Möbel angefertigt. Jetzt wusste sie es wieder. Adams Senior musste ins Krankenhaus. Wegen eines Krebs-Verdachts. Sie untersuchten seine Leber. Aber es war gar kein Krebs, sondern der Alkohol. Sie waren so erleichtert, dass Maggie mit keiner Wimper zuckte, als er das Untersuchungsergebnis mit einer Flasche Champagner feierte, der etliche Wodkas folgten. Ihre Mutter war gekommen, um für die Kinder zu sorgen. Sie hatte das Puppenhaus mitgebracht, und ständig kam Monsignor John zu Besuch. Maggie war von Adams zu sehr beansprucht, um sich um die Kinder oder neue Spielzeuge kümmern zu können.

Und war es so nicht immer gewesen? Maggie nahm an, dass sie dem klassischen Muster einer Alkoholiker-Frau voll entsprach. Sie war eine »Komplizin«, und Komplizen von Alkoholikern sagten sich täglich tausendmal, dass sie für Puppenhäuser oder andere Bastelarbeiten für ihre Kinder ebensowenig Zeit hätten wie für Märchengärten oder ein »Esszimmer« mit Sonnenblumenwänden. Ihre ganze Aufmerksamkeit musste dem Ehepartner gelten. Kein Wunder, dass sich Ceil in ihre kalte Isolationszelle zurückgezogen hatte und nicht wusste, wie sie sie einrichten sollte.

Maggie ging zum Schreibtisch und zog einen Bogen Papier aus der Schublade. Schon einmal hatte sie versucht, an Ceil zu schreiben. Der Brief war kaum mehr als positivistisches Geschwätz gewesen. Psychelndes Gerede darüber, dass sie genau wisse, dass Ceil es schon packen werde und dass Gordon Ceil innig liebte. Wusste sie das wirklich? Der Brief hatte sich gezwungen angehört, jedes Wort hohl und leer. Maggie war keine Seelenklempnerin, warum tat sie dann so, als wäre sie eine? Es gab nur wenige Dinge, mit denen sie sich wirklich gut auskannte. Sie konnte einen Garten planen und dafür sorgen, dass die Pflanzen gediehen, aber es war ihr nicht möglich, die Räume von Ceils Isolierstation einzurichten. Dennoch konnte sie sich zumindest bemühen, in einem Brief ehrlich zu sein. Großer Gott, war sie zu einer dieser Ladies aus Cambridge »mit ihren sorgenden Seelen« geworden, über die E. E. Cummings geschrieben hatte? Wie sollte sie nur anfangen?

»Liebe Ceil,
heute habe ich meine Schuhe ausgezogen, als ich über den von Mr. Mallory verlegten Plattenweg lief. Ich spürte den Abdruck eines Millionen Jahre alten Fossils,

einer uralten Seelilie, unter meiner nackten Fußsohle – der rechten, in der linken habe ich noch immer kaum Gefühl. Es ist ein eigenartiger Gedanke, etwas zu berühren, das vielleicht zwanzig Millionen Jahre alt ist. Bevor der Steinmetz den Fels spaltete, war das Fossil für kein menschliches Auge sichtbar. Seit Millionen von Jahren hat es kein Sonnenstrahl erwärmt und mit Ausnahme von denen des Steinmetzes und Mr. Mallorys auch keine menschliche Hand jemals berührt. Und jetzt war mein Fuß der erste, der mit dem Abdruck in Berührung kam. Schon der Gedanke daran lässt mich erschauern. Sogar die dumme linke Hälfte meines Körpers, in der ich sonst kaum etwas verspüre. Mehr habe ich nicht zu sagen. Ich liebe Dich.«

Mom.

An dem Tag, an dem Maggie diesen Brief schrieb, wollte Tristan in sein Büro nach New Hampshire und sollte am Abend zurückkehren. Den ganzen Tag lang bewegte sie sich mit Hilfe des Stocks und hoffte, dass er ihre Fortschritte bemerkte. Trotz ihrer Beunruhigung über Ceil gingen ihr Adams und die schreckliche Episode nicht aus dem Kopf. Auslöser musste noch etwas anderes gewesen sein als der Schock über das Ende seiner Ehe. Das hatte sie schon gespürt, bevor ihr Ceil von Adams' finanziellen Bedenken erzählte. Irgend etwas war anders geworden, irgendeine unerklärliche Macht, eine bösartige Niedertracht war in ihr Haus gekommen und das durch ihren eigenen Sohn. Sie konnte es zwar nicht genau benennen, aber irgend etwas in Adams' Kopf hatte sich eindeutig verändert. Sie fragte sich, ob er sich dessen bewusst war, ob er es gemerkt hatte wie sie die Anfänge ihres Schlaganfalls.

Sie zog sich ihre Gartenkleidung an. Tristan hatte gesagt, über das Abendessen brauche sie sich keine Gedanken zu machen. Dafür würde er sorgen.

Er traf sie im ersten Stufengarten an und hatte eine gekühlte Flasche Veuve Cliquot mitgebracht und einen riesigen, vollerblühten gelben Jasmin im Topf – *Jasminum humile.*

»Du meine Güte, Tristan, wo hast du den denn her?«

»Aus meinem Garten. Siehst du den Stumpf da drüben?« Er zeigte auf einen moosbewachsenen Baumstumpf am Rand des Senkgartens. »Ich denke, wir sollten ihn dort plazieren. Da kommen seine Ranken gut zur Geltung, und der Wind weht meistens aus dieser Richtung, so dass sein Duft den ganzen Garten erfüllt.«

Da die ummauerten Gärten vor den ärgsten Auswirkungen der Vernachlässigung und Eindringlingen wie dem Mauerpfeffer verschont geblieben waren, schienen sie von Tag zu Tag schöner zu werden, auch wenn es in ihnen immer etwas zu tun gab. Jetzt, am Junianfang, zeigte sich die Madonnenlilie in ihrer ganzen milchweißen Pracht, und im Schein des zunehmenden Mondes leuchteten die Blüten mit jeder Nacht intensiver.

Der erste Senkgarten, in dem sie sich für gewöhnlich liebten, besaß die üppigsten, sanftesten Moosflächen. Aber Maggie war bereits darangegangen, Ableger davon in den zweiten Garten zu verpflanzen. »Wie kommt denn dein Bett da drüben voran, Flaherty?«, witzelte Tristan.

Jetzt goss er ihr ein Glas Champagner ein. »Hast du denn heute abend gar keine Monsignor-John-Geschichten für mich?« Denn Maggie hatte schließlich doch begonnen, ihm von Monsignor John zu erzählen, und ihre Schilderungen schienen ihn geradezu zu begeistern: Geschichten über Monsignor John und die für den Altarschmuck zuständigen Damen, Monsignor John und Kardinal Cushing (der beim Kartenspielen schummelte, aber glaubte, es würde niemand bemerken), die Geschichte, wie Monsignor John Slippy Rikky, einem Schmalspurganoven aus Charlestown, der in die Fänge der Mafia geraten war, die Beichte abgenommen hatte. Sie erwarteten ihn vor der Kirche und schossen ihn nieder. Mit wehender Soutane rannte Monsignor John dem Auto bis zur Warren Avenue hinterher. Maggie, damals neun oder zehn Jahre alt, kam gerade ahnungslos um die Ecke. »Ich fand, er sah genau aus wie Superman. Alles an ihm flatterte: seine Haare, die Soutane – einfach alles.« Jetzt dachte sie kurz nach.

»Habe ich dir schon von dem Mädchen erzählt, das im Beichtstuhl ein Kind zur Welt brachte?«

»Was? Ist das ein Witz?«

»Keineswegs. Sie hatte gar nicht vor, ihre Schwangerschaft zu beichten. Sie war ein sehr kluges Mädchen, eine hervorragende Schülerin. Colleen Wedge. Wir beide waren in der Schule große Konkurrentinnen. Die Schwestern liebten sie. Niemand wusste von ihrer Schwangerschaft, und in die Kirche war sie gegangen, um zu beichten, dass sie Anordnungen ihrer Mutter nicht befolgt hatte. Normalerweise hätte ich nie etwas davon erfahren, denn Monsignor schwieg wie ein Grab über Dinge, die er im Beichtstuhl hörte. Aber ich setzte ihm so lange zu, bis er mir hin und wieder etwas verriet.«

»Maggie!« Tristan war entsetzt.

»Nun, ich war nun einmal unverbesserlich neugierig. Das musst du verstehen. Monsignor John und ich standen uns sehr nahe. Er war wie ein Vater oder Onkel zu mir, obwohl er nicht so alt war, aber er tolerierte nahezu alles, was ich tat. Und da ich ein Einzelkind war, war ich schon ziemlich verwöhnt. Aber ich denke, man kann ein Kind verderben, aber nicht zu sehr lieben.« Sie hielt inne und dachte an Adams. »Einmal habe ich ihm meine Gewissensbisse darüber gebeichtet, dass ich ihn zwinge, mir die Beichtgeheimnisse anderer Leute zu erzählen.«

»Tatsächlich?«

»Ja.«

»Und wie hat er reagiert?«

»Schallend gelacht und mich aus dem Beichtstuhl

gescheucht. Ohne Strafe: keine Rosenkränze, keine Vaterunser. Er wusste, dass ich es immer wieder tun würde. Ich war ein sehr unbußfertiges Kind und er sehr klug. Vermutlich hielt er eine Strafe für absolut sinnlos. Aber nun zu Colleen. Sie setzt sich in den Beichtstuhl und beginnt: ›Vergebt mir, Vater, ich habe gesündigt …‹ ›Und welcher Sünden hast du dich schuldig gemacht, meine Tochter?‹« Tristan schlang die Arme um Maggie und schmiegte seinen Kopf an ihre Halsbeuge. Er liebte es, wenn sie Geschichten erzählte. Dann stahl sich dieser irische Singsang in ihre Stimme, schien die Luft mit seiner zarten Melodie zu erfüllen. So könnte es im Paradies sein, dachte er: der prickelnde Champagner, der Duft des Jasmins und diese faszinierende Stimme. Er schob seine Hand in ihre Bluse und umfaßte ihre Brust. Er konnte ihren Herzschlag spüren.

»Du lenkst mich ab, Liebster. Aber ich versuche, mich davon nicht beeinflussen zu lassen. Colleen gesteht also, dass sie ihrer Mutter freche Antworten gegeben hat. Aber natürlich schob jedermann in Charlestown eine Belanglosigkeit vor, wenn er eine wirklich große Sünde begangen hatte. Das wusste Monsignor John. Widerworte gegen Eltern, besonders Mütter, war *die* Verschleierungssünde der Katholiken in Charlestown, und Colleen kam monatelang immer wieder zu ihm, um Aufmüpfigkeit gegenüber ihrer Mutter zu beichten. Mir als Priester wäre es langweilig geworden.

Wie auch immer. Schließlich nahm er an, dass Colleen in Wahrheit vielleicht bei einer Klassenarbeit betrogen hatte, weil sie in schulischer Hinsicht so ehrgeizig war. Also nimmt er sich vor, bei Gelegenheit in der High School vorbeizuschauen und bei Schwester Agatha ein paar diskrete Nachforschungen anzustellen, als er plötzlich ein Geräusch hört, das er später als … nun ja, als eine Art Schluckauf beschrieb. Er denkt nicht länger darüber nach. Die Leute bekommen im Beichtstuhl häufig einen Schluckauf. Manche furzen sogar. Ja, auch das habe ich aus Monsignor John herausgeholt. Er hatte jede Menge komischer Pups-Geschichten auf Lager. Aber bald nach dem kleinen Schluckauf hört er eine Art Stöhnen. ›Geht es dir auch gut, meine Tochter?‹, erkundigt er sich besorgt. ›Ja, Vater, alles in Ordnung.‹ Aber dann hört er ein Ächzen. ›Colleen?‹ ›Es ist wirklich alles in Ordnung, Vater. Ich habe nur einen kleinen Krampf …‹ Sie verstummt einen Moment und keucht dann: ›… im Bein.‹ Log, dass sich die Balken bogen. Und das in der Beichte. Ist das zu fassen? Tristan, hörst du mir eigentlich zu, oder beschäftigst du dich ausschließlich mit meinen Brüsten?«

Gehorsam zog Tristan seine Hand aus ihrer Bluse. »Es ist wirklich alles in Ordnung. Ich habe nur einen kleinen Krampf im Bein«, wiederholte er Maggies Worte. »Okay«, lächelte sie. »Offenbar hast du doch zugehört. Dann kann ich ja fortfahren. Plötzlich sieht Monsignor John, dass der Teppich zu seinen Füßen feucht wird und die Quelle eindeutig auf der anderen Seite des Beichtstuhls zu suchen ist. Und schließlich dämmert ihm, dass es hier gar nicht um Widerworte gegen irgendwelche elterliche Gewalt ging, sondern dass Colleen Wedge in wenigen Minuten ihren eigenen Revoluzzer zur Welt bringen würde. Also springt er hoch und öffnet ihre Tür zum Beichtstuhl. Und da hockt sie zusammengesunken auf ihrem Sitz. Von diesem Punkt an wurden mir die näheren Einzelheiten vorenthalten. Die erzählte er meiner Mutter und meiner Tante. Allerdings bekam ich mit, wie die sie meinen anderen Tanten weitererzählten. Jetzt also das, was er vermutlich getan und gesagt hat. Zunächst sieht er nur eine Menge Blut, bemerkt dann etwas Rundes zwischen Colleens Beinen. Und er erkennt, dass Colleen noch immer ihre Unterhöschen trägt. ›Ich bin zwar kein Geburtshelfer, liebe Tochter, aber ich denke, wir sollten dich zunächst einmal von deiner Unterwäsche befreien.‹ Also hilft er ihr dabei. Es war keine Zeit, irgendeine Hilfe zu holen. Gleich darauf liegt da ein zappelndes Bündel auf dem Boden. Ein kleiner Junge. Und Monsignor John reißt sich die Soutane vom Körper und wickelte das Kind damit ein. Es war eine unglaubliche Sensation. Sie wollten sogar einen Bericht im *Boston Globe* bringen, aber das hat Monsignor John verhindert.«

»Wie ist ihm das gelungen?«

»Oh, Monsignor John verfügte über ausgezeichnete

Verbindungen. Ich habe dir doch erzählt, dass er mit Kardinal Cushing Karten spielte. Er kannte buchstäblich jeden, auch den Chefredakteur des *Globe.* Aber er war keiner von diesen Harvard-Club-Priestern.«

»Was ist ein Harvard-Club-Priester?«

»Oh, die aus den stinkfeinen Gemeinden. Beispielsweise dieser Vater Bernard in Cohasset. Er spielte ständig Squash im Harvard Club. Immer wenn wir irgendwo zum Dinner waren, kam er an unseren Tisch und machte auf katholisch. Das war Adams ziemlich unangenehm. Mir übrigens auch.«

»Wie macht man auf katholisch?«

»Indem man beispielsweise ständig über diese obskuren Riten redet. Als er wusste, dass meine Mutter krank war, sprach er davon, eine Kerze für sie entzünden zu wollen. Großer Gott, du hättest sehen sollen, wie den Harvard-Kauzen daraufhin die Kiefer heruntergeklappt sind. Kam direkt an unseren Tisch, wo wir mit Aldena und Randell saßen, und ich glaube, Posey war auch dabei. Posey ist meine Nichte. Sie war damals noch recht klein. Sie sah mich an wie eine … Nun, genausogut hätte ich eine dieser barbusigen Stammesangehörigen aus *National Geographic* sein können. So exotisch kam ihnen das alles vor.«

»Also hielt Monsignor John die Sache aus der Presse heraus?«

»Ja, aber ich setzte ihm buchstäblich wochenlang zu, um möglichst alles ganz haarklein zu erfahren. Und dann fand ich es absolut wahnsinnig, dass Monsignor John das Baby entbunden hatte. Und ich fragte ihn immer wieder: ›Woher wussten Sie denn, was zu tun war, Monsignor John? Haben Sie gebetet? Haben Sie Colleen zum Beten aufgefordert?‹. ›Nein‹, antwortete er. ›Ich habe ihr gesagt, sie soll pressen.‹ Ist das zu fassen?«

ELFTES KAPITEL

Ma

Die feinsinnige Anlage des Zugangspfades von Saijo-ji bringt die Imagination zum Schwingen. Diese in der japanischen Sprache Ma genannte Wahrnehmung verändert das Gefühl für Raum und Zeit …

Julie Moir Messervy Contemplative Gardens

Mitte Juni unternahmen die Rosen tapfere Versuche zu einem Comeback. Dass sie überhaupt noch am Leben waren, überraschte Maggie, aber sie hatte sie mit großzügigen Mengen eines Rosendüngers versorgt, sowie eines Gebräus, das Tristan gemixt hatte, und schon bald erschimmerten ihre weißen Blüten an Pergola und Mauern. Die Päonien waren so unglaublich wie eh und je. Schamlose Show Girls. Gäbe es in Las Vegas eine Gartenschau, wären sie mit ihrer fülligen, toupierten Pracht deren Stars gewesen. Weiter hinten, wo es schattiger war und der Garten wilder, standen Irisblüten wie purpurfarbene Wächter. Neben dem Plattenweg waren die Lupinen wieder da, und es gab berechtigte Hoffnungen auf Ritterspornblüten. »Was hast du ihnen gegeben, Liebster?«, hatte sie gefragt. »Irgendeinen Zaubertrank?«

»Nichts dergleichen. Ich habe sie nur von unnützem Ballast befreit, um ihnen mehr Spielraum zu geben.«

Maggie kam nicht um die Erkenntnis herum, dass diese Methode weit über Rittersporne hinaus Erfolg versprach.

Im zweiten Senkgarten hatten sich die Farne entfaltet. Farne schienen die einzigen Pflanzen zu sein, die trotz Vernachlässigung gediehen, und noch nie hatte Maggie sie so schön erlebt. Der gesamte kleine Garten war ein einziger Miniatur-Wald aus Farnwedeln. Es gab mindestens ein Dutzend verschiedener Sorten, die Maggie im Laufe der Jahre gesammelt hatte. Viele stammten aus Monsignor Johns Garten hinter dem Pfarrhaus. Er hatte ihr die Sporen von vier oder fünf Arten geschenkt. Majestätisch ruhte der Fels, der Tristan vom ersten Garten aus wie ein Berg vorgekommen war, inmitten der Farne. In einer Ecke des Gartens prunkte eine große Fläche Ehrenpreis mit seinen winzigen blauen Blüten.

Maggie hatte weitere Moospflanzen für ihr Bett versetzt. Jetzt hielt sie nachdenklich inne. David Webber hatte sie angerufen und von einem langen Gespräch mit Adams und dessen heikler finanzieller Lage berichtet. Er wollte wissen, ob sie zum Verkauf einiger Aktien bereit wäre. Unter Umständen könnten sie Gelder vom Treuhandfonds B auf den Treuhandfonds A transferieren, was sich in steuerlicher Hinsicht für Maggie sogar als vorteilhaft erweisen könnte. Maggie hatte um Bedenkzeit gebeten. Doch im Grunde war sie es leid, sich über ihre Kinder und deren Probleme den Kopf zu zerbrechen. Bisher hatte sie Ceil zwei Briefe pro Woche geschrieben. Leicht war es ihr nicht gefallen. Sie wusste nicht, was sie schreiben sollte. Ihr Leben bestand jetzt aus ihrem Garten und Tristan. Und das wollte sie für sich behalten. Sobald jemand etwas davon erfuhr, würde die absurde Fragerei beginnen. Nun, was konnte schon daraus werden? Mussten in Tristans und ihrem Alter die Dinge denn unbedingt zu etwas führen? Mitunter erhob sich die bohrende Frage, was geschah, wenn der Winter kam. Vielleicht würde sie sich einfach wie die alten Farne zur Ruhe begeben.

Es kam Maggie wie eine Pietätlosigkeit vor, mitten im Sommer über den Winter nachzudenken. Eine echte Perversion des Yugen und eine Respektlosigkeit gegenüber der Gelassenheit, dem Mysterium und der Weisheit der Natur. Aus irgendeinem Grund erinnerte es Maggie an eine Unterhaltung, deren Ohrenzeugin sie zu Beginn des Frühlings in einer Gärtnerei geworden war. Mit sehr lauter Stimme hatte eine Frau dem Gärtner ihren Garten in Beacon Hill geschildert. Sie waren erst wenige Wochen zuvor eingezogen, und man hatte sie eingeladen, sich mit ihrem Garten an dem im Frühjahr üblichen Wettbewerb zu beteiligen. Sie wünschte sich eine Pflanze, die in der folgenden Woche garantiert blühte. Der Gärtner führte die Frau zu drei plusterigen, kleinen Azaleen, deren Knospen sich innerhalb der nächsten acht Tage zu lachsfarbenen Blüten öffnen würden. Auch das war das Gegenteil von Yugen. Es war besser, einen Garten sich selbst zu überlassen, wie sie es getan hatte, selbst auf die Gefahr hin, dass er der Vernachlässigung anheimfiel, als alles mit Stumpf und Stiel auszureißen und statt dessen Rasen zu säen, säckevoll teuren Mulch zu verteilen und an exponierte Stellen ein paar protzige Pflanzen zu setzen, die wie auf Kommando blühten. Sie sah den Garten der Frau förmlich vor sich: eine Raseneinöde und drumherum diesen grauenhaften rotbraunen Rindenmulch. Obszön und blasphemisch. Es war nicht ohne Reiz, Katholikin zu sein, selbst eine nichtpraktizierende. Es gab einem das für derlei Dinge nötige Vokabular.

Maggie kroch zu den Farnen hinüber. Es war an der Zeit, ihre Sporen einzusammeln. Sie wollte auch im dritten Senkgarten ein paar Farne ansiedeln. Und sie hatte Tristan versprochen, den Steins einige zu überlassen. Neben dem Wasserfall gab es eine für Farne geradezu hervorragende Stelle.

Die Sporen mussten zur richtigen Zeit gesammelt werden. Die des Goldschuppenfarns zwischen Juni und September wie auch die des Becherfarns und des Weihnachtsfarns. Den Steins würde sie ein paar Weihnachtsfarne geben. Die würden sie wenigstens nicht verpassen, wenn sie den Sommer auf Nantucket verbrachten. Mit Erstaunen hatte sie von Tristan erfahren, wie wenig Zeit die Steins tatsächlich in ihrem Haus verbrachten. Der Garten, dessen Anlage knapp eine Million Dollar gekostet hatte, würde ohne Zuschauer blühen. Was für eine Verschwendung.

Sie sah sich nach weiteren Farnen um, deren Sporen jetzt abgenommen werden mussten. Wie ein leises Lied hallte die Litanei in ihr wider. *Osmunda* ›Claytonia‹ von April bis Juni, Eichenfarn von Mai bis Juli, *Woodsia* im Juli und August, Kettenfarn von Mai bis September. Sie erinnerte sich, wie sie mit Monsignor John nach Cape Cod gefahren war, um dort in der Nähe großer Cranberrybestände Sporen vom Wimperfarn zu sammeln. Vermutlich waren ihre *Woodsia*-Pflanzen Nachkommen davon. Wieviel sie doch von Monsignor John für den Garten erhalten hatte. Zu jedem ihrer Geburtstage, zu denen der Kinder oder zu Hochzeitstagen, erschien er mit irgendeinem Mitbringsel für den Garten. Einer Pflanze, einem Steckling. Die Steinbank war sein Geschenk zu ihrem dreißigsten Geburtstag gewesen. Und häufig rief er Adams an, um Vorschläge zu machen. »Wissen Sie, was sich Maggie Rose sicher in diesem Jahr zum Geburtstag wünschen würde? Eine Sternmagnolie. Bei der Auktion des Arnold Arboretum wird ein besonders schönes Exemplar versteigert. Soll ich für Sie ein Gebot abgeben?«

»Was ist denn das?«, flüsterte sie, als sie zwischen den Steinen der Mauer eine weiße Blütenkaskade entdeckte. Alpenbalsam, *Erinus alpinus,* hatte sich durch einen Mauerspalt aus dem dritten Garten heraufgekämpft. »Nun, alle Achtung!«

»Hey, Flaherty, führst du wieder Selbstgespräche? Du wirst langsam wirklich eine tuttelige alte Lady.«

Tristan beugte sich zu ihr herab und küsste sie. »Ich habe dich gar nicht kommen gehört, Liebster.«

»Was hast du denn da gerade bewundert?«

Sie zeigte auf den Alpenbalsam. »Ich hatte ihn im unteren Garten gepflanzt. Er muss nach oben und durch die Mauerspalte geklettert sein. Was für eine bewundernswerte Beharrlichkeit.«

»Offenbar will er den Saxifragen da die Schau stehlen.« Tristan nickte zu der Stelle der Mauer hinüber, an der rosa Blütenschäume hinter den dichten Farnmassen hochquollen.

»Ja, sind sie nicht bezaubernd? Früher hatte ich auch ein paar Moos-Steinbrecharten, aber die gefielen mir nicht sonderlich. Zu steif. Ich sammle gerade Farnsporen.«

»Du weißt, dass auf der anderen Seite der Mauer ein paar Steine herausgefallen sind. Eigentlich wollte ich das reparieren, aber in der Lücke würden sich ein paar Farne ausnehmend gut machen. Wie wäre es mit dem Wimpernfarn? Er steht so dicht, dass ein paar weniger gar nicht auffallen.«

»Über die *Woodsia* habe ich gerade nachgedacht. Monsignor John und ich waren auf Cape Cod, um sie zu sammeln. Meine Güte, das ist bestimmt länger als vierzig Jahre her. Meine Bestände stammen wahrscheinlich von unserer Expedition. Und jetzt erinnere ich mich auch, dass er kurz nach Adams' Geburt mit einigen Exemplaren davon aufgetaucht ist.« Sie seufzte. »Vermutlich kann ich mit Farnen besser umgehen als mit Kindern.«

Sanft strich ihr Tristan mit dem Daumen über die Wange. »Quäle dich nicht, Maggie.«

»Du hast recht. Reich mir doch bitte meinen Stock, und dann lass uns die Mauerlücke mit Farnen bepflanzen. Es wird bestimmt wunderschön aussehen.«

Die Lücke war kaum dreißig Zentimeter breit und knapp zwanzig hoch, aber mit den kleinen, zierlichen Wimpernfarnen wirkte sie wie ein winziges Zauberreich. Maggie und Tristan schoben eine Mischung aus Kompost und Spaghummoos zwischen die Farnwurzeln, hin und wieder berührten sich ihre Finger. Langsam begann die Lücke auszusehen wie eine kleine grüne Kathedrale. Sie waren so vertieft in ihre Tätigkeit, dass die Welt um sie jede Bedeutung verlor. Farnschatten spielten über ihre Gesichter, als sie da im grünen Dämmerlicht des zweiten Senkgartens knieten.

Laudamus te, benedicimus te, adoramus te, glorificamus te ... Die Worte der Messliturgie summten durch ihren Kopf. Ganz deutlich konnte sie sich erinnern, wie sie im Pfarrhausgarten oder in irgendeinem Waldgelände neben Monsignor John gekniet hatte, wo er, sie und ihre Mutter Pflanzen und Wildblumen sammelten. Es war seltsam. Er hatte nie besonders viel für die für den Kirchenschmuck zuständigen Ladies und ihre für das gesamte Liturgische Jahr strategisch geplanten Dekorationen übrig gehabt. Ihre Mutter übrigens auch nicht. Ihre Sache waren Gärten. Plötzlich durchzuckte sie ein Gedanke, ein Gedanke, der vielleicht seit vielen Jahren irgendwo im Hintergrund ihres Kopfes geschlummert hatte. »Gerade wird mir etwas bewusst, was ich vielleicht schon seit vielen Jahren geahnt habe.«

»Und was ist das?«

»Du wirst es nicht glauben, aber ich bin mir ganz sicher, dass es stimmt.«

»Was?«

»Ich bin davon überzeugt, dass meine Mutter mit Monsignor John eine Affäre hatte.«

»Ehrlich? Wie kommst du denn darauf?«

»Keine Ahnung. Die Idee schoss mir gerade so durch den Kopf.« Sie lehnte sich zurück. »Tristan, vielleicht bin ich sogar die Tochter von Monsignor John. Das würde eine Menge erklären.«

»Wie kommst du denn auf so etwas, Maggie?«

»Das weiß ich nicht. Aber wenn ich es mir recht überlege, bestand eigentlich keine sonderlich enge Beziehung zwischen meiner Mutter und meinem Vater. Und wir wissen doch, wie oft katholische Priester der Versuchung erliegen. Ich meine, man liest in den Zeitungen doch kaum noch etwas anderes. Sie vergehen sich doch sogar an Kindern.«

»Du glaubst, er hätte sich an deiner Mutter vergangen, als sie ein Kind war?«

»Unsinn! Natürlich nicht. Sie waren annähernd im gleichen Alter. Ich würde zu gern glauben, dass sie sich sehr geliebt haben. So wie wir.« Amüsiert hob Tristan die Brauen, seine blauen Augen blitzten. »Hältst du es für möglich, dass ich deshalb das St. Anthony's-Stipendium bekommen habe?«

»Was meinst du damit?«

»Dass Monsignor John seine Beziehungen spielen ließ, damit seine arme illegitime Tochter eine anständige Ausbildung erhielt. Ich meine, lieber wäre es mir schon, dass ich das Stipendium aufgrund meiner Leistungen bekommen habe.«

»Natürlich hast du es aufgrund deiner Leistungen bekommen. Darüber würde ich mir absolut keine grauen Haare wachsen lassen.«

Maggie saß auf der Erde, hatte ihr gesundes Bein angezogen und stützte das Kinn in die Hand. Tristan fand, dass sie hinreißend aussah. Ihre Augen zeigten den entrückten Ausdruck, wie so häufig, wenn sie sich an ihre Kindheit erinnerte, an die Besuche bei ihrer Nan in Irland und an den Cottagegarten, in dem sie ihr geholfen hatte. »Habe ich dir eigentlich schon erzählt, dass mir einmal die Zunge an einer Straßenlaterne festgefroren ist?«

»Was?«, fragte Tristan entgeistert.

»Ja, unten auf der Warren Street in Charlestown.

Dort gab es eine Bar, in der mein Onkel Seamus Stammgast war. Ich habe dir doch schon von Seamus erzählt? Dem Trunkenbold? Nun, jedenfalls war ich mit meiner Cousine Siobhan zusammen, Seamus' Tochter. Ich muss damals ungefähr sieben gewesen sein. Sie war ein paar Jahre älter als ich, und ihre Mutter, meine Tante Sheila, war wieder einmal schwanger. Großer Gott, es muss ihr sechstes oder siebtes Kind gewesen sein. Wie auch immer, ihre Wehen hatten eingesetzt, und sie hatte Siobhan und mich losgeschickt, Seamus zu holen.

Es war ein bitterkalter Februartag. Ich wartete draußen, weil ich in die Bar nicht hineindurfte. In diesem Lokal waren sie in dieser Hinsicht sehr genau. Aber Siobhan ging hinein und schien überhaupt nicht wieder herauszukommen. Ich fing an, mich grässlich zu langweilen, und du weißt ja, was Kinder machen, wenn sie sich langweilen. Sie denken sich irgendwelche Spiele aus. Ich zog ein Bein an, schwang um den Laternenpfahl herum und versuchte, mit dem anderen Fuß möglichst exakte Kreise in den Schnee zu ziehen. Da ich Handschuhe trug, konnte ich nicht wissen, wie kalt die Laterne war. Ich wirbelte also um den Laternenpfahl und dann, frag mich nicht warum, beschloss ich, an ihm zu lecken. Nun, meine Zunge klebte fest. Es war grauenhaft. Ich befürchtete, sie würde mir aus dem Mund gerissen. Und so blieb ich einfach stehen, buchstäblich wie festgefroren. Ich erinnerte mich daran, dass mir meine Nan erzählt hatte, dass einmal eins ihrer Hühner an einem Zaun festgefroren war. Sie konnten es zwar irgendwie ablösen, aber ein paar Tage später fiel ihm ein Bein ab.

Alle diese grässlichen Bilder schossen mir durch den Kopf. Ich war so schreckensstarr, dass es mir nicht einmal gelang, den Kopf zu drehen. Ich konnte nur in die Richtung des Bunker Hill Monuments blicken. Stell dir das Bunker Hill Monument als einzigen und ausschließlichen Anblick vor! Nun, schließlich kommt Onkel Seamus aus der Bar. Natürlich betrunken. ›Nanu, Liebchen‹, lallt er, ›warum küsst du denn die Laterne?‹ Ich stieß irgendwelche Gurgellaute aus, und Siobhan erfasste die Situation sehr schnell. ›Sie klebt fest, Dad. Sie hat sich selbst am Laternenpfahl festgeklebt.‹ ›Das haben wir gleich.‹ Ich konnte Onkel Seamus zwar nicht sehen, aber riechen. Ständig war er von einer dichten Guinness-Wolke umgeben. Er war sozusagen seine eigene Wetterfront. Dann spüre ich, wie seine Hände an mir zu zerren beginnen. Und genau in diesem Moment taucht Monsignor John auf.

›Heilige Muttergottes! Sie reißen ihr doch die ganze Zunge heraus‹, schreit er und wirft sich Seamus in den Arm. ›Lauf in die Bar und hole einen Schluck Whiskey, Siobhan. Sag Paddy, es ginge um einen Notfall.‹ Wenig später kam Paddy höchstpersönlich mit einem winzigen Glas Whiskey heraus, und während der ganzen Zeit flüsterte mir Monsignor John beruhigende

Worte ins Ohr. ›Keine Angst, Maggie Rose. Es tut bestimmt nicht weh. Alles wird wieder gut, Schätzchen.‹«

»Wie auch immer«, fuhr sie fort. »Er nahm meinen Kopf in seine Armbeuge, forderte mich auf, ihn ein bisschen zurückzulehnen, steckte seinen Finger in das Glas und tupfte mir ein bisschen Whiskey auf die Zunge. Es kam mir vor wie eine Kommunion.

Ich spürte Monsignor Johns Finger auf meiner Zunge, das warme Brennen des Whiskey und hörte seine sanfte Stimme. Ich hätte mich nicht gewundert, wenn er das Agnus Dei gesprochen hätte. *Agnus dei, qui tollis, peccata mundi, miserere nobis* ... Oh, es ist eine Schande, dass sie das Latein abgeschafft haben. Wie auch immer. So behutsam, dass ich kaum etwas spürte, zog mich Monsignor John vom Laternenpfahl. Er hob mich auf die Arme und trug mich den ganzen Weg nach Hause. Die ganze Soley Street hinauf. Dort wohnten wir, an der Ecke Soley und Wallace Street, einen Steinwurf vom Pfarrhaus entfernt. Als wir in dem Haus ankamen, in dem wir wohnten, trug er mich die Stufen bis ins zweite Stockwerk hinauf. In der Küche setzte er mich ab und sagte zu Mum: ›Nun, du kannst mir dankbar sein, dass ich dem Kind den ersten Geschmack von Whiskey verpasst habe, Maureen.‹

›Was soll das heißen, John?‹, fragte meine Mutter. Und ich weiß noch, wie komisch ich das damals fand. Sonst nannte sie ihn nie einfach John, sondern stets nur Monsignor John.

›Willst du es ihr erzählen, Maggie Rose?‹ Meine Mutter sah mich an, und ich bemerkte einen erschreckten Ausdruck in ihren Augen, der nichts mit dem Whiskey zu tun haben konnte. Und in seiner Stimme lag eine Vertrautheit, eine Art Stolz, die für Eltern und nicht für Seelsorger von Kindern typisch sind. Ich weiß noch, dass meine Mutter wie wild den Saum ihrer Schürze drehte, wie immer, wenn etwas Unangenehmes oder Beängstigendes geschah. ›Erzählen Sie es ihr, Monsignor‹, sagte ich. Wahrscheinlich glaubte ich, das meiner Zunge noch nicht zumuten zu können. Ich streckte sie heraus und streichelte sie, weil sie sich so lange Zeit wie fremd angefühlt hatte. Erst das Festkleben, dann die grauenhafte Angst, sie würde mir aus dem Mund gerissen und schließlich diese brennendscharfe Flüssigkeit – schon der Geruch ließ meine Augen tränen. Meine erste Bekanntschaft mit dem Alkohol! Kein Wunder, dass ich nie großen Gefallen daran finden konnte.«

Sie seufzte und presste die Lippen zusammen. Tränen schimmerten in ihren Augen. »Und jetzt glaube ich ganz fest, dass dieser liebenswerte Mann mein Vater war.« Sie sah Tristan an. »Ich hoffe nur, er weiß, dass ich es weiß.«

Tristan nahm Maggie in die Arme, und sie verbarg ihren Kopf an seinem Hals. »Maggie, Maggie«, sagte er leise.

»Davon habe ich noch nie jemandem etwas erzählt.«

»Maggie …«

»O Liebster.« Plötzlich war sie verlegen. »Ich habe ja ohne Punkt und Komma geschnattert.«

»Nein, Maggie, du hast erzählt. Eine der faszinierendsten Geschichten, die ich je gehört habe.«

»Nun, ich bin Irin, wie du weißt«, lächelte sie. Ihre grünen Augen funkelten.

»Ich liebe ich, Maggie. Liebe dich mehr als alles auf der Welt.«

»Und ich liebe dich, Tristan.«

»Und was wollen wir tun?«

»Tun? Müssen wir denn etwas tun? Reicht es nicht, wenn wir uns lieben?«

»Ja, sicher, aber im Herbst . . .«

»O Tristan, sprich doch nicht vom Herbst und dem Winter. Nicht jetzt, nicht mitten im Sommer. Sieh dir lieber an, was ich inzwischen gelernt habe.« Maggie hob den kranken Arm mit der gesunden Hand, und die Finger bogen sich, hielten die linke Seite ihrer Bluse fest, so dass sie mit den Fingern der rechten Hand die Knöpfe öffnen konnte. Dann hob sie erstmals seit dem Schlaganfall beide Hände und streifte sich die Bluse von den Schultern. Ihre Brüste leuchteten im Mondlicht. »Und nun sieh dir das an!«, flüsterte sie. Sie griff nach dem Stock und kam ohne weitere Hilfe auf die Füße. Sie ließ den Stock sinken, öffnete ihre Hosen und ließ sie zu Boden fallen. »Ein allerletzter Trick!« Ihre Augen schimmerten so grün wie die Farne. Erneut hob sie den kranken Arm mit der gesunden Hand und löste die Kämme aus ihrem Haar. Kastanienrot und von grauen Strähnen durchsetzt, fiel es ihr über die Schultern wie die fedrigen Blütenrispen eines Perückenstrauchs.

Tristan nahm jedes Detail in sich auf. Sie war das wunderschönste und wundersamste Geschöpf im Garten – auf der ganzen Welt!

ZWÖLFTES KAPITEL

»Wasser«

»Kare« bedeutet trocken, »san« Berg und »sui« Wasser; ein »Karesansui« ist also ist ein trockener Berg-und-Wasser-Garten … Mit dem Ziel angelegt, den Zen-Mönchen bei ihrem Trachten nach Erleuchtung behilflich zu sein, verfügen Karesansui-Gärten über eine Abstraktion der Elemente, die es dem Meditierenden gestattet, das körperliche Ich zu vergessen, während er über die Bedeutung des Universums nachdenkt.

JULIE MOIR MESSERVY Contemplative Gardens

Maggie arbeitete im dritten Stufengarten. Obwohl es ein fast unerträglich heißer Tag war, kam es ihr in diesem Garten mit seinen Andeutungen von »Wasser« kühl und frisch vor. Der Garten war so schön wie nie zuvor. Vor mehr als fünfzehn Jahren hatte sie hier kontrastierende Moose gepflanzt, über denen Sonne und Wind spielten. Manchmal wirkte er wie ein tiefgrünes Meer und dann wieder, besonders nachts, wie ein stiller, mondbeschienener See. Die Gräser am Rand schienen Bäche zu sein, die in das Moosmeer mündeten. Im gesamten Garten gab es keinen Tropfen Wasser, und doch schien er zu »fließen« und zu »strömen«. In vielen japanischen Trockengärten dienen Steine und geharkte Kiesflächen dazu, die Elemente Wasser und Wind anzudeuten. Maggie hatte sich für nur zwei

Moossorten und eine Grasart entschieden. Licht und Wind veränderten das Aussehen von Moosen und Gräsern auf die gleiche Weise wie die Oberfläche eines Meeres oder eines Sees, wenn Sonne durch die Wolken brach oder Wind die Oberfläche kräuselte. Bei der Anlage des Gartens hatte sie die südöstliche Ecke wie eine Art Klippe gestaltet, eine Zwergkiefer gepflanzt und im Laufe der Jahre sorgfältig beschnitten, so dass sie inzwischen uralt und windzerzaust wirkte. Mit ihren knorrigen Zweigen, die sie wie Finger über den Bach aus Gräsern streckte, war sie ein perfekter Ausdruck dessen, was japanische Gärtner Shizen oder vertiefte Natur nannten. Am Fuß der Klippe lag der einzige Felsen des Gartens. Wie eine kleine Halbinsel ragte er in das Meer aus Moos hinein. Er war der ideale Platz zum Sitzen und um die nackten Füße ins »Wasser« der Moose zu strecken.

Sie wusste, dass Adams bald erscheinen würde. Am Morgen hatte er angerufen und gefragt, ob er vorbeikommen dürfe. Sie hatte etwas dagegen, dass er sie in diesem Senkgarten antraf. Eigentlich wollte sie Adams im Garten überhaupt nicht begegnen. Mit der Hilfe ihres Stocks stand sie auf und ging zu den Blumenrabatten in der Nähe des Hauses hinüber. Am Weg standen schulterhohe, lavendelfarbene Wiesenrauten. Sie erinnerten Maggie immer an Japanerinnen mit Sonnenschirmen. Jetzt schienen sie ihr zuzunicken, als sie an ihnen vorüberging.

Die Päonienblüte war längst vorüber, aber ihr Laub noch immer reizvoll. Sie blieb stehen, um es zu bewundern, und erneut überraschte es sie, wie attraktiv Pfingstrosen vergingen. Ganz im Gegensatz zu anderen Blumen. Manche Rosen klatschten zusammen wie nasse Wischmops, und Rittersporn hinterließ unansehnlich nackte Samenspieße. Als Blüte in Schönheit zu sterben, ist eine besondere Begabung, dachte Maggie. Sie ging weiter, kam zu einem unglaublich üppigen Phlox ›Bright Eyes‹. Im vergangenen August hatte er kaum geblüht, aber jetzt strahlten Hunderte Blüten mit scharlachfarbenen Augen. Hier war der Mauerpfeffer am dichtesten gewesen, doch sobald er entfernt und der Phlox großzügig gedüngt worden war, begann die Staude zu wachsen und zu knospen.

In knapp zwei Wochen würde sie mit Tristan nach New Hampshire fahren. Sie wollten dort das Labor-Day-Wochenende verbringen. Tristan war ganz erpicht darauf, ihr einige bereits blühende Sedum-Sorten zu zeigen. Noch wusste Maggie nicht, wie sie ihren Kindern von ihrer Fahrt nach New Hampshire erzählen sollte. Ceil befand sich noch im Krankenhaus, und Adams war seit der schrecklichen Szene nur wenige Male bei ihr gewesen.

Maggie hörte ein Auto vorfahren, dann eine Wagentür zuschlagen. Sie bemühte sich, den peinlichen Vorfall zu verdrängen. Das musste sie jedesmal, wenn Adams sie besuchte.

»Hello, Mum … Donnerwetter, du gehst ja am Stock.«

»Den Stock benutze ich seit drei Wochen, Adams. Ist dir das noch gar nicht aufgefallen?«

»Offensichtlich nicht. Und wie wundervoll der Garten aussieht! Eine wahre Pracht! Warum trinken wir nicht draußen ein Glas?«

»Nun, äh …«, stotterte Maggie. Die Vorstellung, mit Adams im Garten etwas zu trinken, hatte etwas Abstoßendes. »Es ist ziemlich schwül, und ich habe fast den ganzen Tag im Garten verbracht. Vielleicht gehen wir doch besser ins Haus. Suzy kann uns ein paar Drinks ins Wohnzimmer bringen.«

»In Ordnung. Aber vielleicht kann ich schnell einen kleinen Rundgang machen, um zu bewundern, was du alles geschafft hast.«

»Gut«, resignierte Maggie und hoffte inständig, dass er nicht auch in die Stufengärten ging. Es passte ihr nicht, dass er sie sich ansah!

»Ich gehe schon einmal ins Haus und sehe nach, ob ich nicht etwas zum Knabbern finden kann.«

Zehn Minuten später saßen sie auf ihren üblichen Plätzen im Wohnzimmer. »Es ist wirklich verblüffend, Mutter. Der Garten ist in alter Pracht wiedererstanden. Ich kann kaum glauben, dass du das ganz allein und im Rahmen der vorgesehenen Mittel geschafft hast.«

Seit Wochen hackte er nun schon auf dem Garten

herum. Jetzt war es Maggie leid. Sie beschloss, ihm von ihrer Freundschaft zu Tristan zu erzählen und davon, wie er ihr geholfen hatte.

»Adams …« Sie stellte ihr Glas ab. »Die Gründe für dein plötzliches Interesse am Garten sind mir zwar nicht ganz klar, aber ich werde dir gegenüber so aufrichtig wie möglich sein.«

»Ja, Mutter?« Er beugte sich leicht vor.

»Ich habe keinen Cent mehr ausgegeben, als ich darf. Mir hat jemand geholfen, der in den letzten Monaten für mich sehr wichtig geworden ist.« Sie sah, dass Adams die Mundwinkel genauso einzog wie sein Vater, wenn er mit etwas Unerfreulichem konfrontiert wurde – einem widerlichen Geruch, einem Kursabfall an der Börse oder der Tatsache, dass kein Wodka mehr im Haus war. »Tristan Mallory und ich sind gute Freunde geworden.«

»W … w … was?« Adams trank einen großen Schluck Martini.

»Ja. Sehr gute, enge Freunde.«

»Ist das dein Ernst?«

»Ich möchte doch meinen, dass jede Freundschaft ernst ist.«

»Freundschaft!« Er spuckte das Wort förmlich aus. Vielfältige Empfindungen zuckten über das Gesicht ihres Sohnes: ein Anflug von Hochachtung, Verblüffung und schließlich Eifersucht. Ceil hatte recht gehabt. Sie beneideten sie. Maggie erinnerte sich an die Worte ihrer Tochter.

… Du bist die Einzige in der Familie, die verdammt viel erreicht hat. Vor einem Jahr wärst du fast gestorben. Du warst halbseitig gelähmt, konntest kaum sprechen. Aber das ist es nicht allein, Mom. Denk an deinen Regis-Abschluss …

Und jetzt hatte Maggie erneut Erfolge, wo ihre Kinder gescheitert waren. Sie hatte nicht nur eine erbärmliche Ehe mit Geduld und Würde überstanden, sondern auch eine neue Liebesbeziehung gefunden. Die Leben ihrer Kinder lagen in Scherben, während ihres wieder einen Sinn bekam. Aber Adams' Gesicht zeigte nicht nur Neid, sondern Abscheu. Er weiß, dass wir miteinander geschlafen haben, dachte Maggie. Es widert ihn an.

»Ich kann nicht glauben, was du da sagst. Ich glaube meinen Ohren nicht zu trauen.«

»Ich weiß nicht, warum das für dich so unvorstellbar zu sein scheint, Adams. Ich meine, Menschen verlieben sich nun einmal.«

»Verlieben!«

Maggie beugte sich vor. »Ja, sie verlieben sich.«

Adams öffnete den Mund, schloss ihn, öffnete ihn erneut. »Okay, er ist Landschaftsarchitekt.« Sie wusste, dass er zunächst »Gärtner« sagen wollte. »Aber sonst wissen wir gar nichts von ihm.«

»Du weißt nichts über ihn. Ich aber sehr viel.«

»Was macht dich so sicher, dass er nicht hinter deinem Geld her ist?«

Maggie spürte, wie Empörung in ihr hochkam. »Ich finde dein Verhalten unverschämt und weigere mich, mit dir weiter über dieses Thema zu sprechen. Nur eins noch: Er hat mehr Geld als ich. Also hätte er eher Berechtigung zu der Annahme, dass ich hinter seinem Geld her bin. Und er ist so wohlhabend, weil er mehr Geld gemacht hat als irgend jemand aus unserer Familie in den letzten drei Generationen.«

»Aber Mutter, wir kennen ihn doch gar nicht.«

»Zumindest weiß ich, dass er kein Alkoholiker ist. Und ich weiß, dass auch ich ein Niemand war, ein irisches Mädchen aus Charlestown, über das in der Familie Welles niemand etwas wusste.«

»Und welche Pläne hast du mit dem Mann?«

»Welche Pläne?« Die Empörung in Maggie wuchs sich in Wut aus. »Was geht dich das an? Großer Gott, Adams, ich bin einundsechzig Jahre alt. Ich kann verdammt noch mal tun, was mir passt.«

Die Art und Weise, wie Adams sie über den Glasrand hinweg anstarrte, als er seinen Martini austrank, hatte etwas Entnervendes. »Es tut mir leid, dass es dazu kommen musste, Mutter.«

»Was meinst du denn damit?«

Aber er stand wortlos auf und verließ das Zimmer. Sie hörte, wie die Haustür ins Schloss fiel. Gleich darauf startete er seinen Wagen. Zum ersten Mal seit Monaten begann es in ihrem linken Auge zu zucken. Sie war recht nachlässig im Tragen ihrer Augenklappe geworden. Sie musste sich wirklich mehr disziplinieren.

Maggie holte ihre Augenklappe und ging in den Garten hinaus, wieder in den dritten Senkgarten. Sie setzte sich auf den Felsbrocken, zog ihre Schuhe aus und streckte die nackten Füße ins Moos. Aller Zorn, alle Empörung fielen von ihr ab, als sie sich von dieser Miniaturwelt mit ihren Seen und Bächen umfangen fühlte. Ein leichter Wind fuhr durch die Gräser, verwandelte sie in einen fließenden Strom. Es entstand sogar ein sichtbarer Wirbel, als ihr ein Grasbüschel die dunklere Seite seiner Halme zuwandte. Die wenigen Sonnenstrahlen, die den Schatten der Bäume durchdrangen, huschten über das Moos wie muntere Elritzen. In Maggies Phantasie regte sich etwas, als sie die Strahlen beobachtete, die wie kleine Fische aussahen. Das Moos erzitterte, als eine leichte Brise das reglose Wasser in der Mitte des Teiches erschauern ließ. Genau das geschieht hier, dachte Maggie. Dies ist ein Ort, an dem die Zeit fast stillsteht und sich der Raum zusammenzieht, bis einem das Universum zu Füßen liegt. Schrumpfte sie oder wurde sie größer? Die Atmosphäre des Gartens erfüllte sie, und gleichzeitig ging etwas von ihr in das Wesen des dritten Stufengartens über. Hier befand sie sich im Gleichgewicht, hier gab es keinen Anfang und kein Ende. Hier war alles eine kontinuierliche Einheit. Maggie brauchte sich nicht umzudrehen, um die Anwesenheit des Baumes zu spüren, den sie jahrelang gepflegt und beschnitten hatte. Sie spürte, wie seine uralte Aura sie umfing.

Diese Nacht verbrachten Maggie und Tristan im Garten. Sie nahmen leichte Baumwolldecken mit hinaus, um sich zu wärmen. Sie liebten sich dreimal. Maggie spürte das Moos unter sich und zwischen ihren Beinen. Spürte, wie der sanfte Nachtwind ihre Körper umwehte. Sie waren Wale, Inseln, vielfarbige Unterwasserwiesen in einem endlosen Meer. Am nächsten Morgen musste Tristan schon früh für drei Tage nach Nantucket fliegen und dann von dort aus direkt nach New York für ein oder vielleicht auch zwei Tage.

Es war ein ungewöhnlich kühler Augustmorgen, als sich Maggie zu ihrem ersten Spaziergang außerhalb des Gartens entschloss. Mit ihrem Stock wollte sie die drei Blocks bis zum Harvard Square laufen. Sie wusste, dass sie es jetzt konnte. Bei der Rückkehr bemerkte sie, dass ein Mann und eine Frau vor ihrem Haus standen und es intensiv musterten. Der Mann zückte eine Kamera. »Ich weiß aber nicht, ob ich von hier aus alles ins Bild bekomme, Helen.«

»Warum gehst du nicht auf die andere Straßenseite und nimmst das Grundstück von dort auf?«

Maggie bekam ein sonderbares Gefühl in der Magengrube. Sie ging auf die beiden zu.

»Kann ich Ihnen irgendwie behilflich sein?«

»Oh, wir wollen das Haus nur für unsere Firma aufnehmen.«

»Was? Für welche Firma?«

»Bullocks.«

»Bullocks!« Bullocks war ein Immobilienmakler in Boston, wusste Maggie, aber in Cambridge gehörte niemand zu seinem Kundenkreis. Die Firma galt als nicht fein genug.

»Aber warum tun Sie das? Zufällig bin ich die Besitzerin des Hauses.«

»Oh …« Das Pärchen wirkte verunsichert. »Mistress …«

»Welles.«

»Ja, Mistress Welles. Wir … äh, hörten, dass es zum Verkauf angeboten werden soll.«

»Was?«, entfuhr es Maggie. »Wer hat Ihnen das gesagt?«

»Ein … ein Mister Donahue.«

»Ich kenne keinen Mister Donahue, und das Haus steht nicht zum Verkauf.«

»Dann kann es sich nur um ein Missverständnis handeln«, sagte die Frau namens Helen.

»Ja«, bekräftigte der Mann. »Irgendein Missverständnis. Wir bitten um Entschuldigung.«

Die beiden eilten davon. Aber Maggie war sich sicher, dass es ihnen keineswegs leid tat und dass es sich nicht um ein Missverständnis handelte.

»Ich möchte mit Mister Webber sprechen, bitte.« Maggies Hand umkrampfte den Hörer. »Wie bitte? Er ist auf Urlaub? Was? Oh, verstehe. Falls er sich bei Ihnen meldet, sagen Sie ihm bitte, dass Maggie Welles dringend auf seinen Anruf wartet. Wie bitte? Lassen Sie mich überlegen. Ja, ich glaube, Mister Matthews habe ich irgendwann kennengelernt. Ja, vielen Dank. Auf Wiederhören.«

Maggie legte den Hörer auf. David Webber unternahm eine Floßfahrt über den Colorado und war für die nächsten zehn Tage unerreichbar. Tristan würde frühestens in fünf Tagen wieder da sein. Von Nantucket aus wollte er nach Long Island, wo in den Hamptons ein großer Auftrag auf ihn wartete, und dann unter Umständen weiter nach New Mexico, um sich mit einem neuen Klienten zu treffen. Wenn er nach New Mexico flog, war nicht auszuschließen, dass er noch einen Umweg über San Francisco machte, um ein Projekt mit der Stadtverwaltung zu besprechen. Also möglicherweise drei weitere Tage, insgesamt acht. Himmel, so lange waren sie noch nie voneinander getrennt gewesen, und wenn er zurückkehrte, würden sie fast sofort nach New Hampshire aufbrechen.

Ein oder zwei Tage vergingen. Tristan rief an und teilte mit, dass er nach New Mexico weiterreisen musste. Aber inzwischen freute sich Maggie auf die Fahrt nach New Hampshire und hatte den Zwischenfall mit den Mitarbeitern der Maklerfirma Bullocks nahezu verdrängt. Eine alte Freundin war zu Besuch gekommen und hatte sie zum Lunch an den Harvard Square eingeladen. Als Maggie nach Hause zurückkehrte, sagte ihr Suzy, dass eine Dr. Lucille Messner angerufen hätte und um ihren Rückruf bat.

»Hat sie gesagt, worum es geht?«

»Nein, Mistress Welles, aber ich habe auch nicht gefragt.«

»Messner, Messner …« grübelte Maggie. »Ich hatte im letzten Jahr eine Menge Ärzte, aber an eine Frau Doktor Messner kann ich mich nicht erinnern.«

»Ich auch nicht.«

»Nun, ich werde sie anrufen.«

Als sie es tat, war sie nicht in der Praxis. Maggie hinterließ eine Nachricht, und abends gegen sechs rief die Ärztin an.

»Mistress Welles? Guten Abend, hier Doktor Messner.«

»Ja, Frau Doktor Messner, was kann ich für Sie tun?« Schweigen am anderen Ende der Leitung. »Frau Doktor Messner?«

»Ja, ich bin noch da.« Erneut eine Pause. »Nun, Mistress Welles, mir liegt eine gerichtliche Aufforderung vor, Ihnen einen Besuch abzustatten.«

»Was? Warum?«, fragte Maggie verwirrt.

»Ich nehme an, Sie haben keine Ahnung, worum es geht?«

»Nicht die geringste. Auf welchem medizinischen Gebiet sind Sie tätig, wenn ich fragen darf?«

»Ich bin Psychologin.«

»Psychologin? Arbeiten Sie am Spaulding Center im General Hospital of Massachusetts?«

»Nein. Nein …«

»Ein Psychologe vom Spaulding Center hat mich nach meinem Schlaganfall kurz behandelt. Ein Doktor Gordon … Aber was haben Sie gesagt? Eine gerichtliche Aufforderung? Ich begreife das alles nicht.« So etwas wie Übelkeit kam in Maggie hoch.

»Es tut mir aufrichtig leid, es Ihnen auf diese Weise mitteilen zu müssen, Mistress Welles …« War Tristan etwas zugestoßen? Angst machte sich breit. »Aber dem Gericht liegt ein Antrag vor, Sie der Obhut eines Vormunds zu unterstellen.« Maggie verstand nur, dass es nicht um Tristan ging. Tristan war nichts zugestoßen. Namenlose Erleichterung überkam sie.

»Haben Sie gehört, was ich sagte, Mistress Welles?«

»Irgend etwas über einen gerichtlichen Antrag.«

»Ja, und ist Ihnen die Bedeutung eines *Guardian ad litem* bewusst?«

Maggie wollte schon sagen, dass sie sich nicht in der Messe befand. Und selbst wenn – mit Ausnahme der Messliturgie konnte sie kein Latein. Aber sie ahnte, dass es nicht der richtige Zeitpunkt für Scherze war. Die Stimme der Frau klang tödlich ernst. »Nein, was ist das?«

»Ein vom Gericht eingesetzter Vormund, der Sie in allen Belangen vertritt. Das können geschäftliche Dinge sein, aber auch solche, die Ihre Gesundheit betreffen.«

»Und wer könnte dieser Vormund sein?«, fragte Maggie.

»Ihr Sohn Adams Welles.«

»Adams?«, ächzte Maggie. »Adams! Himmel! Der kann doch nicht einmal für sich selbst sorgen.«

»Nun, das Gericht hat dem Antrag auch noch nicht entsprochen. Der zuständige Richter macht seine Entscheidung von einer Untersuchung abhängig. Und mit der bin ich beauftragt worden.«

»Sie wollen mich untersuchen? Weshalb?«

»Ich glaube nicht, dass es sinnvoll ist, das in allen Einzelheiten zu erörtern, Mistress Welles.«

»Aber ich halte es für sinnvoll! Es geht um mein Leben. Es ist mein Körper, mein Verstand, mein Geld, die unter Vormundschaft gestellt werden sollen. Ich finde, es ist ein absolut passender Zeitpunkt, das ausführlich zu erörtern, Frau Doktor Messner.«

Wieder ein längeres Schweigen am anderen Ende der Leitung. »Also hat Ihr Sohn kein Wort über diese Angelegenheit zu Ihnen gesagt?«

»Nicht einmal andeutungsweise.«

»Auch Ihr Anwalt Mister Donahue nicht?«

»Donahue?«, wiederholte Maggie. »Der Anwalt unserer Familie ist David Webber, und das seit nunmehr fünfunddreißig Jahren. Donahue ...?« Fast hätte Maggie laut aufgeschrien. Das war doch der Name des Mannes, der den Maklerbüro-Angestellten gesagt hatte, ihr Haus stünde zum Verkauf.

»Ich glaube, ich werde dem Richter aufgrund dieses kurzen Telefongespräches mit Ihnen empfehlen, den Antrag auf Vormundschaft erst einmal abzulehnen.«

»Erst einmal? Auf Dauer! Ich bin sehr wohl in der Lage, mich um meine Dinge selbst kümmern zu können, Frau Doktor Messner. Vor einem Jahr hatte ich zwar einen Schlaganfall, aber inzwischen habe ich nicht nur wieder sprechen gelernt, wovon Sie sich in den letzten fünf Minuten wohl hinlänglich überzeugen konnten, sondern ich kann auch wieder allein laufen, essen und mich anziehen. Meine finanziellen Angelegenheiten sind perfekt geordnet, und ich möchte hinzufügen, dass ich im Gegensatz zu meinen beiden Kindern keine Alkoholikerin bin. Jetzt fühle ich mich ein wenig erschöpft, bin aber fest entschlossen, dieser Sache auf den Grund zu gehen. Guten Abend, Frau Doktor Messner.«

»Guten Abend, Mistress Welles. Es tut mir leid, Sie gestört zu haben.«

»Nicht gestört – verstört, Frau Doktor Messner.«

Als Maggie den Hörer auflegte, zitterte sie so stark, dass sie kaum atmen konnte. Ihr Auge spielte wieder verrückt. Sie ging in die Bibliothek, in der sie noch immer schlief, und suchte in der Schreibtischschublade nach ihrer Augenklappe. Sie musste nachdenken. In der ersten Aufwallung hatte sie Adams anrufen und zur Rede stellen wollen. Aber vielleicht war das gar keine gute Idee. Sie musste sehr vorsichtig vorgehen. Sie konnte kaum glauben, dass Adams so tief gesunken war. Lieber sollte sie gleich morgen früh in David Webbers Kanzlei anrufen und mit seinem Partner sprechen. Großer Gott, sie konnte sich im Moment nicht einmal an den Namen des Mannes erinnern. Sie wünschte sich sehnlich, dass Tristan sich meldete, denn sie könnte ihn frühestens in zwei Tagen erreichen. Sie würde dennoch unter der von ihm angegebenen Nummer anrufen und eine Nachricht für ihn hinterlassen. Vielleicht traf er früher als geplant dort ein.

Sie schlief mehr als schlecht und war am Morgen so zerschlagen, dass sie sich nur mit Mühe aus dem Bett und ins Bad schleppen konnte. Fast fühlte sie sich versucht, Suzy um Hilfe zu bitten, aber sie war schon so lange ohne Unterstützung ausgekommen. Tristan zählte nicht. Und wenn er sie badete, war das auch keine Hilfe, es war Sex. Sie musste lachen.

Nach dem Duschen trat sie auf die Terrasse hinaus. »Großer Gott, es ist ja schneidend kalt.« Über Nacht schien das Wetter umgeschlagen zu sein, Herbst lag in der Luft. Wie dunkel der Himmel aussah. Aber vielleicht lag das auch nur an ihrem linken Auge. Sie sah damit nicht besonders gut. Sie musste wieder ihre Augenklappe anlegen.

»Sehen Sie sich diesen Ast da drüben an, Mistress Welles.« Suzy deutete auf einen Ahorn auf der westlichen Seite der Terrasse. Maggie hielt den Atem an. Inmitten des frischgrünen Laubs hatte ein Ast, nur ein einziger, gelbbraune Blätter. Sie hatte es schon erlebt, dass mitten im Sommer, wenn man glaubt, es müsse immer so weitergehen, ein Baum plötzlich beschließt, seinen persönlichen kleinen Herbst zu beginnen. Es erinnerte Maggie an eine Zeit, als sie noch sehr klein gewesen war und es plötzlich heftig zu schneien begonnen hatte. Ihre Mutter war wenige Stunden zuvor ausgegangen und hatte ihren Hut nicht mitgenommen. Als sie zurückkam, war ihr Haar schneebedeckt.

»Ich bin ein frostiges Wesen, Maggie Rose.« Lachend blickte sie in den Spiegel. Aber Maggie fand es überhaupt nicht komisch. Im Verlauf eines einzigen Vormittags war ihre Mutter grau geworden, eine alte Frau wie Nan. Maggie hatte viel Zeit mit Sorgen über ihre Nan in Irland und die Frage verbracht, was werden würde, wenn Nan starb. Das war das Schlimmste, was Maggie sich vorstellen konnte. Plötzlich kam ihr der Tod sehr real vor. Sie wusste in dem Moment, als sie ihre Mutter mit den verschneiten Haaren sah, dass Nan irgendwann sterben würde und ihre Mutter auch. Der Tod war kein abstrakter Begriff mehr.

Aber jetzt konnte sie sich etwas noch Schrecklicheres vorstellen. Den Winter. Er nahte. In der kühlen Augustluft spürte sie ihn kommen, unausweichlich, unerbittlich. Sie konnte den Sommer nicht festhalten.

DREIZEHNTES KAPITEL

Mu

Man muß sich selbst vergessen. Es ist so, als wollte man das Spiegelbild der Natur in der windbewegten Oberfläche eines Teiches erblicken; bevor das Wasser wieder reglos ist, gibt es keine klare Reflektion. Im Zen-Buddhismus heißt dieser Zustand der Ich-Vergessenheit mu …

Der zeitgenössische japanische Gartengestalter Kinsaku Kakane (zitiert im Buch *Contemplative Gardens* seiner Schülerin Julie Moir Messervy)

»Nun, was ich mir vorstelle …« Sie standen auf der Terrasse des neugebauten Hauses mit ihrem phantastischen Blick auf die Berge Sangre de Christos, »ist im Grunde ein Sissinghurst in der Wüste. Ein weißer Garten.«

Tristan schluckte. Ein weißer Garten in diesem Land mit Pinyon-Kiefern, einem unendlich weiten Himmel und einem subtilen Spektrum von Rosa-, Blau- und Lavendeltönen und Bergen, die sich bei Sonnenuntergang glühend rot verfärbten. Ein weißer Garten! Die Lady musste den Verstand verloren haben. Also keine matten Silber-, Grün- und Türkistöne, zwischen denen die seidenzarten Petalen leuchtender Mohnflächen im Wüstenwind erbebten? Oder vielleicht einen kleinen ummauerten Garten, einen Teegarten mit einem Teppich aus Sukkulenten und Sedumarten, geschmückt mit Wüstengestein oder einem gebleichten Antilopenschädel wie einem Gemälde von Georgia O'Keeffe entsprungen?

Und jetzt redete sie auch noch von einer clematisumrankten Pergola.

»Ich … äh … befürchte, dass Clematis in diesem Boden nicht sonderlich gut gedeiht.« Wie zum Teufel konnte er diesen Auftrag nur wieder loswerden. Er versprach gutes Geld. Er würde ihr Garland Washburn empfehlen. Garland Washburn war in der Landschaftsgestaltung das, was Robert Stern in der Architektur und Ralph Lauren in der Mode waren: Meister in der Vergangenheitsbeschwörung, Bediener nostalgischer Gefühle für den allgemeinen Konsum – vollkommener als die Vergangenheit je gewesen war. Für die Steins einen weißen Garten in New England anzulegen war eine Sache, aber ein Kopieren der Ideen Vita Sackville-Wests in der Wüste von New Mexico eine ganz andere!

Den ganzen Morgen schon war Tristan eher düsterer Stimmung. Er vermisste Maggie sehr, und obwohl er vor zwei Tagen mit ihr gesprochen hatte und es ihr gutzugehen schien, war er auf der Fahrt von seiner Unterkunft in Albuquerque nach Santa Fe von einer eigentümlich ängstlichen Stimmung überfallen worden. Vielleicht hatte er irgendeinen Alptraum gehabt, an den er sich aber nicht erinnern konnte. Und seine Besorgnis hatte noch zugenommen. Es wehte ein kalter

Westwind. Vielleicht war es das. Vielleicht erinnerte ihn der an den Winter. Unvermittelt fasste er den Entschluss, sobald wie möglich an die Ostküste zurückzukehren. Maggie und er würden früher als vorgesehen nach New Hampshire fahren. Vom Flughafen aus konnte er sie anrufen und ihr mitteilen, dass San Francisco ausfiel. Sie mussten sofort nach New Hampshire und Pläne schmieden – wofür? Er dachte nach. Vielleicht für den Winter, für den Rest ihres Lebens.

Als er sie vom Flughafen aus anrief, ging niemand an den Apparat. Sein Flug verzögerte sich, weil das Wetter im Osten plötzlich unruhig geworden war und sich eine Reihe tropischer Stürme auf Cape Hatteras zubewegten. Es hieß, sein Flug würde über Minneapolis umgeleitet.

Maggie spähte im Wohnzimmer durch die Vorhänge. Ein Auto war vorgefahren. Damit hatte sie gerechnet. Sie wusste, dass Adams sie überraschen wollte und würde. Aber es war nicht Adams' Auto, und so schnell hätte sie ihn nun doch nicht erwartet. Als es ihr endlich gelungen war, mit David Webbers Partner George Matthews zu sprechen, hatte er sich zwar nicht älter als ein Student angehört, aber auch ungemein kompetent. Er wirkte nicht schockiert, sondern aufrichtig besorgt. Er pflichtete ihr bei, dass die Angelegenheit äußerst beunruhigend sei, und bat sie um Erlaubnis, einen Assistenten bei ihrem Gespräch mithören zu lassen, damit er sich Notizen machte. Da er im Moment durch ein wichtiges Gerichtsverfahren sehr eingespannt sei, könne er sie zwar erst am nächsten Tag aufsuchen, versprach aber, sofort jemanden zur Wahrung ihrer Interessen zum Vormundschaftsgericht zu schicken. Das Haus gehörte zum Treuhandvermögen A, und ohne einen den Nachlass betreffenden Gerichtsbeschluss konnte Adams es unter keinen Umständen verkaufen.

»Und was ist mit der Einsetzung eines Vormundes?«

»Das haben wir in genau drei Stunden vom Tisch, Mistress Welles. Höchstens. Machen Sie sich keine Sorgen.« Er ließ sich die Namen ihrer Ärzte nennen und betonte, notfalls eidesstattliche Erklärungen von ihnen einzuholen. Dann forderte er sie dringend auf, keine Schriftstücke zu unterzeichnen, die ihr Adams möglicherweise vorlegen könnte.

Zusammen mit einem Mann, den Maggie noch nie gesehen hatte, entstieg Adams dem Auto. Suzy ließ sie ein und führte sie ins Wohnzimmer. Suzy wirkte ziemlich nervös. Maggie hatte sie ansatzweise über die Vorgänge informiert und erzählt, dass sie Adams' Besuch erwartete. Adams, aber ohne Begleitung. Nie hätte sie sich träumen lassen, dass er so unverschämt sein könnte, ihr diesen Anwalt ins Haus zu bringen.

»Das ist Mack Donahue, Mom. Wie findest du das? Er ist tatsächlich in Charlestown aufgewachsen.«

»In der Linden Street. Ganz in Ihrer Nähe, wie ich

hörte. Ging in die Church of The Redeemer.« Er streckte die Hand aus. Maggie ergriff sie nicht.

»Willst du uns keinen Platz anbieten, Mutter?«

»Warum sollte ich?«

»Mutter!«, fauchte Adams. »Mach es doch nicht schwieriger, als es ohnehin schon ist.«

»Ich werde es im Gegenteil so schwierig machen, dass es alle deine Vorstellungen übersteigt«, entgegnete Maggie kühl.

Adams drehte sich zu Suzy um. »Würden Sie uns einen Moment allein lassen? Bitte.«

»Nein, sie wird nicht gehen. Sie bleibt. Ich habe bereits mit meinem Anwalt gesprochen.«

»David? Ich denke, er ist in Urlaub.«

»Er ist. Und ich bin sicher, dass diese Tatsache den Zeitpunkt für deinen Besuch hier bestimmt hat. Aber es gibt bei Hinckley and Bodkin noch weitere Anwälte, wie du weißt. Davids Partner George Matthews hat mir dringend abgeraten, allein mit dir zu sprechen, und Suzy ist bereit, als Zeugin zu fungieren. Sie wird Notizen über diese Unterhaltung machen.«

George Matthews hatte Maggie empfohlen, nicht ohne Zeugen mit Adams zu sprechen, doch nichts von Notizen gesagt. Das war Maggies Idee. Eine sehr spontane, sonst hätte sie Suzy vorgewarnt. Aber Suzy war ein intelligentes Mädchen. Sie ging zum Schreibtisch, holte Papier aus der Schublade, setzte sich, schlug die Beine übereinander und blickte die beiden Männer gelassen an. Sie war wunderbar. Es brachte Adams und diesen Donahue sichtlich aus dem Konzept.

»Nun, Mutter, wir haben hier nur ein paar sehr wichtige Schriftstücke, die …«

Donahue warf Adams einen schnellen Blick zu. »Ich denke, das kann ich vielleicht besser erklären. Ich sehe ein, dass das alles ein Schock für Sie sein muss, Mistress Welles. Aber Sie sollten wissen, dass absolut nichts Ungesetzliches dabei ist. Es geht ausschließlich um eine sinnvolle Vermögensplanung …« Donahue redete und redete. Maggie sagte kein Wort. Hin und wieder stellten sie ihr Fragen, auf die sie nicht antwortete. Ihr Schweigen begann sie zu entnerven. Sie wurden zunehmend deutlicher in ihren Mutmaßungen über ihre geistigen Fähigkeiten und dem Heraufbeschwören möglicher Katastrophen. Schließlich holte Donahue seine letzte Trumpfkarte aus dem Ärmel. »Und nun zum Garten, Mistress Welles. Es lässt sich nicht übersehen, dass Sie den dafür bestimmten Etat überschritten und Ihre Beziehung zu diesem … äh …«

Er spielt um Zeit, dachte Maggie. Er will, dass ich ihm den Namen nenne. Sie wollen mich provozieren. Aber ich werde Tristans Namen ebensowenig erwähnen, wie ich diese beiden anmaßenden, unverschämten Männer in meinen Garten führe. Die beiden redeten weiter, aber Maggie zog sich innerlich in ihren Garten zurück, in die Stufengärten. Sie lief über den erfrischenden Pfad, kam an der Steinlaterne vorbei. Vor ihrem inneren Auge war es noch immer Mai, und der Hartriegel stand in voller Blüte. Sie betrat den ersten Garten mit seinen üppigen Moosen und konnte durch die Aussparung in der Mauer den Felsbrocken im darunterliegenden Garten aufragen sehen wie einen Berg. Und dann kam sie in den zweiten, den Farngarten, erinnerte sich, wie sie und Tristan die Wimperfarne in die Lücke zwischen den Steinen gepflanzt hatten. Dieser Garten, dessen wogende Farnwedel ihr zuflüsterten, der selbst in der größten Sommerhitze Schatten bot, den jetzt der Duft des gelben Jasmin erfüllte, war ein magischer Bereich. Der Ort, an dem sie erstmals nur mit Hilfe des Stocks auf die Beine gekommen war, an dem sie zum ersten Mal ihren kranken Arm einsetzen konnte, um sich auszuziehen, ihre Haare auf die Schultern fallen zu lassen und nackt vor Tristan zu stehen.

»Mutter, hast du auch nur ein Wort von dem verstanden, was wir gesagt haben?«

»Jedes einzelne. Und Suzy hat alles aufgeschrieben. Jetzt würde ich gern allein sein. Wenn weitere Gespräche zu diesem Thema gewünscht werden – nur über meinen Anwalt. Der heute übrigens gerade Beschwerde gegen den absurden Versuch eingelegt hat, mich unter Vormundschaft zu stellen.«

Mit zornfunkelnden Augen beugte sich Adams auf seinem Sessel vor. Donahue legte ihm eine Hand auf den Arm. »Wir sollten jetzt besser gehen, Adams. Ich bin sicher, dass sich alles klären wird.« Verkniffen lächelte er Maggie an.

Die Männer standen auf, und Suzy führte sie hinaus.

»O mein Gott«, seufzte Maggie, als Suzy zurückkam. »Ich glaube fast, ich brauche einen Drink. Aber nein, holen Sie mir lieber meine Augenklappe. Sie muss in der Bibliothek sein.« Maggie drückte zwei Finger gegen das geschlossene linke Auge. Es zuckte so vehement, dass sie kaum etwas erkennen konnte.

»Sie waren einfach wundervoll, Mistress Welles. Und … und …« Sie schien nicht recht weiter zu wissen.

»Heraus damit, Suzy. Konzentrieren Sie sich, wie meine Sprachtherapeutin zu sagen pflegte.«

»Ich glaube, ich weiß schon sehr lange von Ihnen und Mister Mallory.«

Überrascht sah Maggie sie an. »Tatsächlich?«

»Ja. Sogar schon, bevor er diesen Plattenweg für Sie angelegt hat.«

»Und was brachte Sie auf den Gedanken?«

»Irgendwann im Frühling streunte eine Katze durch unseren Vorgarten, und ich dachte, sie könnte vielleicht den Steins gehören. Ich ging hinüber und klingelte, aber niemand kam an die Tür. Also ging ich um das Haus herum, und da sah ich, wie Mister Mallory Sie durch den Spalt in der Mauer beobachtete. Er wirkte wie hypnotisiert. Sein Gesichtsausdruck war irgendwie unbeschreiblich – halb sehnsüchtig, halb so, als träume er einen sehr alten Traum.«

»Einen sehr alten Traum«, wiederholte Maggie leise. »Können Sie das näher erläutern?«

»Ich bin mir nicht sicher. Manche Menschen suchen doch ihr Leben lang nach etwas, ohne es benennen zu können. Aber sie wissen, dass es da irgendwo ist, auf sie wartet, wenn sie es nur zu fassen bekommen können. Nun, genau diesen Eindruck machte er damals auf mich.«

»O Suzy, kommen Sie schnell zu mir, liebes Kind.« Suzy kniete sich neben Maggies Sessel. »Sie sind ein wirklicher Schatz. Ich habe Sie gern, sehr gern.« Sie umarmte Suzy.

»Soll ich heute über Nacht bleiben, da Mister Mallory nicht da ist?«

»Sie wissen also auch, dass er verreist ist?« Maggies Augen blitzten.

»Yeah, ich weiß immer, wenn er hier schläft.«

»Und woher?«

Suzy wurde blutrot. »Dann ist das Bettzeug immer so durcheinander.« Sie lachten.

»Er will mit mir nach New Hampshire fahren, um mir sein Haus zu zeigen. Er hat einen Garten direkt am Meer. Ich kann es kaum erwarten, ihn zu sehen.«

»Soll ich nicht doch lieber hierbleiben?«

»Nein, Suzy, das ist wirklich nicht nötig. Aber wenn Sie morgen wiederkommen, gehe ich mit Ihnen zu einem besonderen Platz in meinem Garten. Die meisten meiner Verwandten und Freunde wissen nichts von ihm. Selbst mein Mann hat ihn niemals betreten.«

»Und wo ist das?«

»Ganz hinten, am Ende des Grundstücks. Es sind Stufengärten, denn einer liegt immer ein wenig tiefer als der vorige.«

»Ich freue mich schon sehr darauf, Mistress Welles.«

»Kommen Sie möglichst früh. Gleich nach Sonnenaufgang sehen sie am schönsten aus.«

VIERZEHNTES KAPITEL

Shizen

> Japaner verstehen unter Natürlichkeit etwas ganz anderes. Sie nennen es Shizen, und das heißt »vertiefte Natur« … Ein »betagter« Baum verleiht dem Garten ein altes Aussehen, und es entsteht eine Art Paradoxon zwischen einem geplanten Gartenelement und den willkürlichen, spontanen Einfällen der Natur. Daher gibt es in den besten japanischen Gärten nur wenige Spuren vom Ego ihrer Gestalter, sondern nur Andeutungen menschlichen Eingreifens durch die Shizen-Bilder, die im Kopf des Betrachters entstehen.
>
> Julie Moir Messervy Contemplative Gardens

Nachdem Suzy gegangen war, fühlte sich Maggie völlig ausgelaugt. Obwohl sie keinen wirklichen Hunger hatte, setzte sie sich hin und aß ein Fruchtjoghurt. Plötzlich klingelte das Telefon, und sie erinnerte sich daran, dass Aldena anrufen wollte, um Näheres über einen Besuch im Country Club zu besprechen. Doch dazu hatte sie absolut keine Lust. Der Anrufbeantworter schaltete sich ein.

»Guten Tag, liebste Maggie! Hier ist Aldena. Ich wette, du bist wieder draußen im Garten. Wie ist es nun mit unserem Lunch morgen im Country Club? Es gibt kein Buffet, also brauchst du keine Teller zu schleppen.« Wie taktvoll Aldena doch war. Sie redete noch eine knappe Minute weiter und versprach dann, in einer Stunde noch einmal anzurufen.

Exakt eine Stunde später klingelte das Telefon wieder. Maggie hörte es, als sie aus dem Bad kam. Der Stock entglitt ihrer Hand, was ihr Vorankommen behinderte, aber das war ihr nicht einmal unrecht. Was sollte sie zu ihrer Schwägerin nur sagen? Keine Angst, dass ich dich im Country Club in Verlegenheit bringe, ich binde mir ein Lätzchen um? Sie schaffte es nicht rechtzeitig. Wieder schaltete sich der Anrufbeantworter ein. Aber es war nicht Aldena. Sie hörte eine Männerstimme.

»Mistress Welles? Hier Mack Donahue. Mir ist bewusst, dass unser Besuch Sie heute nachmittag verstört hat. Doch dazu besteht keinerlei Anlass. Sie sollten wissen, dass wir alle auf Ihrer Seite sind, und kurz nachdem ich Ihr Haus verlassen hatte … Nun ja, ich war unterwegs nach Charlestown, um eine Tante von mir in die Kirche zu begleiten, und da traf ich zufällig Father Stephen. Ich glaube, Sie kennen ihn. Er erzählte mir, dass er ein sehr enger Mitarbeiter von Monsignor John war, dem geschätzten Freund Ihrer Familie, und er …« Die ersten Sätze hatte sich Maggie reglos angehört, aber die Erwähnung von Monsignor Johns Namen trieb sie so schnell es ihr möglich war auf den Anrufbeantworter zu. Heftig riss sie das Kabel aus der Steckdose. Es kam ihr so vor, als wäre das Haus verseucht. Ein giftiges Gas schien jeden Raum, jeden Winkel zu durchdringen.

Maggie versuchte sich zu beruhigen, erkannte dann aber, dass sie es keine Sekunde länger im Haus aushielt. Allzu warm war es draußen nicht, und im Verlauf des Abends würde es noch kühler werden, aber Maggie wusste, dass sie heute nacht im Senkgarten schlafen musste. Im Haus würde sie sterben, davon war sie überzeugt. Lange konnte es schließlich nicht mehr dauern, bis Tristan zurückkam. Sie würde eine leichte Wolldecke mit hinausnehmen. Aber sie war so erschöpft, dass sie sich nur noch in die Bibliothek schleppen und dort die Decke vom Bett zerren konnte.

Sie trat auf die Terrasse hinaus. Es wehte ein warmer, böiger Wind. Typisches Hurrikanwetter. Nur selten wurde Boston von ausgewachsenen Wirbelstürmen heimgesucht, litt aber bei entsprechender Wetterlage tagelang unter unerträglicher Schwüle und sporadischen, aber heftigen Niederschlägen. Vielleicht hätte sie einen Regenumhang mitnehmen sollen. Aber sie war einfach zu müde, jetzt noch einmal ins Haus zu gehen. Sie begann die Rampe hinunterzulaufen. Das linke Bein wollte ihr nicht gehorchen. Sie musste es nachziehen wie vor langen Wochen, als sie noch ihr Laufgerät benutzte. Schemenhaft drang Mondlicht durch die zerklüftete Wolkendecke. Die Luft roch nach Fisch. Es war der Hurrikangeruch: scharf und leicht stinkend.

»O mein Gott!«, ächzte sie, als sie stolperte und den Boden auf sich zukommen sah. Sie stürzte nicht schwer. Das Gras war weich. Aber jetzt musste sie wieder aufstehen. Sie würde es schaffen. Sie hatte es zuvor auch geschafft. Sie sprach sich Mut zu und hielt den Atem an. Sie musste unbedingt in den Garten, den dritten Senkgarten, denn je länger sie darüber nachdachte, desto sicherer wurde sie sich, dass Adams und dieser unangenehme Anwalt sie holen und sie an irgendeinen schrecklichen Ort verschleppen wollten. Zu so etwas wäre Ceil niemals in der Lage! Konzentriere dich, Maggie, befahl sie sich. Du musst aufstehen! Unter allen Umständen! Doch irgendwie war es seltsam. Ihr Bein schien ihr abhanden gekommen zu sein, ihr linkes Bein. Sie konnte sich nicht erinnern, wo es sich befand. Irgendwo an ihrem Körper, das wusste sie, aber sie musste sich tatsächlich mit der gesunden Hand betasten, den Brustkorb, den Leib, die Hüfte … Ein Bein sollte doch eigentlich ganz nahe sein, aber es kam ihr so vor, als würde sie Ewigkeiten danach tasten und es doch nicht finden. Es überraschte sie sehr, wie weit entfernt ihr Bein war. Würde sie es jemals erreichen können? Dann musste sie es an sich heranziehen, unter ihr Hinterteil schieben und versuchen, auf die Knie zu kommen. Sie wusste, was zu tun war, aber erst einmal musste sie dieses verdammte Bein finden! Endlich, da war es! Dann kostete es sie noch einmal unendlich lange Minuten, ihren Körper in die richtige Position zu bringen und sich mit Hilfe des Stocks aufzurichten.

»Streng dich an, du schaffst es«, flüsterte sie sich zu. Aber der Stock wollte ihr nicht gehorchen wie sonst, wenn sie sich nach dem Jäten aufrichtete. Immer wieder entglitt er ihrer Hand. Nun komm schon, Stock, wollte sie sagen, aber die Worte kamen als »Nun komm schon, Taubenschlag« heraus. Schließlich ließ sie den Stock Stock sein und begann zu kriechen. Als sie das Haus verlassen hatte, war der Abend fast unheimlich hell gewesen, doch nun wurde es immer dunkler. Eigentümlicherweise nur auf einer Seite. Eine Art Verfinsterung? Was sonst könnte eine Seite des Himmels dunkler machen als die andere?

Mühsam kroch sie weiter. Bei den Päonien würde sie eine kleine Rast einlegen. Doch die schienen eine Ewigkeit entfernt zu sein. Sie überlegte, ob sie sich nicht unter der nur wenige Meter entfernten Pergola ausruhen sollte. Ein wenig schlafen und vom Zauberer-von-Oz-Garten träumen, den Tristan für seine Töchter angelegt hatte. Ja, und von dem versteckten Esszimmer hinter den Sonnenblumenwänden. Doch irgend etwas trieb sie weiter, auch wenn sich ihre linke Körperseite so schwer anfühlte wie Stein und es in ihrem Auge zuckte. Es wollte ihr scheinen, als wäre das Sehvermögen des linken Auges auf die Größe eines Stecknadelkopfes zusammengeschrumpft. Um diesen Punkt herum war alles milchig verschwommen. Inzwischen hatte sie die Pergola hinter sich gelassen und war nicht mehr allzuweit vom Roji-Pfad entfernt. Warum duftete die Luft nun plötzlich nach Zimt, da sie Minuten zuvor nach Fisch gerochen hatte?

Der Wind frischte auf, und es begann zu nieseln. Sie hatte den Fumi-ishi-Stein fast erreicht, den Beginn des erfrischenden Pfades. »Hallo, Stein! Hallo, Laterne!« Sie grüßte die vertrauten Dinge am Weg, aber die Worte wollten ihr nicht richtig über die Lippen, und sie fragte sich, wer da eigentlich »Happy Birthday« sang. Wenn Tristan doch nur endlich kommen würde. Sie stellte ihn sich vor, wie er unter strahlend blauem Himmel in einer Kalksteinwand hing und in eine Felsspalte griff. »Beeil dich, Tristan«, wisperte sie, und eine große Träne rollte ihr über die rechte Wange. Das linke Auge blieb trocken. »Ich warte auf dich, Geschirrspüler!« O Gott, warum konnte sie die richtigen Worte nicht finden? Es ließ sie fast verzweifeln.

Einen Moment hielt sie inne. Trotz des kühlen Regens schwitzte sie heftig. Vor ihr ragte der japanische Fächerahorn auf, der seine Äste über den ersten Stufengarten streckte. Sie zwinkerte, starrte den Ahorn konzentriert an. Wie merkwürdig er aussah. Ragte da nicht eine Gestalt zwischen den Zweigen auf? Maggie lachte leise auf. Vermutlich war es so, als wollte man Bilder in den Wolken entdecken. Aber da schien sich tatsächlich ein menschlicher Umriss aus den Ästen zu lösen. Er sah aus wie Monsignor John, wenn er mit ausgestreckten Armen den Segen erteilte. Sie dachte an das erste Mal, als Tristan und sie sich im ersten Senkgarten geliebt hatten, erinnerte sich daran, wie ein Blatt des Ahorns auf ihren Bauch knapp unterhalb des Nabels gefallen war und wie Tristan damit die Innenseiten ihrer Schenkel gestreichelt hatte. Später, als sie sich zum zweiten Mal liebten. Oh, Monsignor John … Sie kicherte bei der Vorstellung, er könnte sie beide beobachtet haben.

Sie musste sich beeilen. Der Weg begann steiler abzufallen, aber wenigstens fiel es ihr nun nicht mehr so schwer, ihr Bein nachzuziehen. Sie kam zum Farngarten, dem Garten der Verzauberung. Zu gern hätte sie einen Moment lang in ihm verweilt, denn an diesem windigen Abend mussten die Farne besonders faszinierend aussehen, wenn ihre Schatten im Mondschein tanzten wie tollgewordene Banshees. Und dann war es auch der Monat zum Sammeln der Sporen von Hufeisenfarn, Goldschuppenfarn, Hirschzungenfarn und Perlfarn. In Gedanken fügte Maggie die botanischen Namen hinzu: *Adiantum pedatum, Dryopteris* ›Cristata‹, *Phyllitis scolopendrium, Onoclea sensibilis.* Doch statt der Pflanzennamen begann sie das *Kyrie eleison* zu murmeln, obwohl Maggie geschworen hätte, dass sie von Farnen sprach und nicht das »Herr erbarme dich« anstimmte: *»Kyrie eleison, Christe eleison, credo in unum Deum, patrem omnipotentum factorem coeli et terrae visibilium omnium et invisibilium …«*

Fast hatte sie es geschafft! Etwas Dunkles tropfte

aus ihrem Mund auf den Weg. Hatte sie gelacht und sich wieder auf die Zunge gebissen? Egal, es tat nicht weh. Mit letzter Kraft schleppte sie sich in den dritten Senkgarten. Es regnete heftiger, und der Wind hatte weiter aufgefrischt. Aber hier im dritten Garten schien sich nichts zu regen. Still und ruhig lagen die See aus Moos und die Bäche aus Gras da. Maggie kroch in die Mitte des Moos-Meeres. Sie streckte sich aus und legte sich auf die Seite. Streifen von fahlem Licht durchdrangen die Wolken. Es kam ihr so vor, als hätte der Regen aufgehört. Die vor dem Mond dahinjagenden Wolken warfen ihre Schatten aufs Moos wie auf die Oberfläche eines Sees oder Teiches. Und so wie am Tag die Sonnenstrahlen zu Elritzen wurden, erinnerten die Wolkenfetzen jetzt an Berge, und die Mondlichtstreifen wurden zu Schwärmen von Delphinen. Maggie kamen die Worte eines japanischen Mönchs und Gartengestalters in den Sinn: »Wolken steigen nicht über Berggipfeln auf; sie fallen auf den Grund von Teichen.«

Maggie entspannte sich. Sie befand sich nun an diesem Ort absoluter Ruhe, an dem nichts die Oberfläche des Wassers bewegte und sie alles sehen konnte. Es gab keinen Unterschied zwischen der Widerspiegelung und dem reflektierten Objekt; eins war so real wie das andere. Vor dem Mondlicht schloss sich ihr linkes Auge ganz, aber das machte nichts. Bilder tauchten vor ihr auf. Sie konnte sich an alles erinnern.

Sie sah ein anderes Licht durch Sträucher und Bäume dringen. Sie hörte Schritte. Und verlor langsam das Bewusstsein. Sie wollte nichts mehr sagen, nicht »Taubenschlag« lallen, wenn sie doch die richtige Bezeichnung wusste.

»Flaherty!«

FÜNFZEHNTES KAPITEL

Nachhall

»Der Garten von Saiho-ji ist eine Vielfalt von Träumen«, hat Professor Nakane einmal gesagt. Er hatte recht. Der Tempelgarten ist ein Gobelin aus Träumen … Der Geist des Yugen verharrt beim Besucher, lange nachdem er den Garten wieder verlassen hat … Er hallt in uns nach wie der sonore Sprechgesang des Sutra und die Trommel und Glocke des Priesters.

JULIE MOIR MESSERVY Contemplative Gardens

Jesus, Maria und Josef, schau dir diese Päonien an. Wie vollbusige Showgirls … Oh, und da drüben, sieh dir dieses entzückende Geschöpf an. Ich glaube, du hast recht. Es ist sehr viel zäher, als es den Anschein hat.

Weißt du, Flaherty, wir sollten versuchen, da drüben ein paar Lavendel zwischenzupflanzen, und dort vor der Stützmauer des Senkgartens noch ein paar weitere. Lavendel vor Stein …

Nichts Spektakuläres natürlich.

O natürlich, Flaherty, natürlich.

Schönheit sollte keine Bedingung sein, um in einem Garten Aufnahme zu finden …

»Aber du warst schön, Maggie«, sagte Tristan laut vor sich hin. »Und etwas ganz Besonderes«, fügte er leise flüsternd hinzu, als er die rosenüberschüttete Pergola durchquerte. Er zog seine Schere hervor und befreite einen Zwerg-Enkianthus von einem leblos wirkenden Zweig. Er betrachtete sich die Schnittstelle. »Wick«, sagte er leise.

Er blickte über den Rasen zu Ceil hinüber. Schlanker, irgendwie drahtiger war sie aus der Rehaklinik zurückgekehrt. Sie war trocken. Sie wirkte stärker, selbstsicherer. Aber nur weniges an ihr erinnerte an Maggie. Im besten Fall war sie eine verschwommene, leicht verwischte Version ihrer Mutter. Er sah, dass Gordon auf seine Frau zutrat, ihr einen Arm um die Schulter legte. Das gab Tristan ein gutes Gefühl.

Barfüßig stand Ceil auf dem sonnenwarmen Plattenweg und zeichnete mit einem Zeh des Abdruck der versteinerten Seelilie nach. War das da der zweite nackte Fuß, der das zwanzig Millionen Jahre alte Fossil berührte? Sie sollte aufhören, sich Tagträumen hinzugeben. Bald würden die Musiker kommen, und die Leute vom Partyservice könnten vielleicht Hilfe brauchen.

»Und wohin mit diesen Steinen, Mister Mallory?«, rief eine Stimme. Ceil blickte durch den Garten und sah Tristan auf sich zukommen. In seinem cremefarbenen Leinensakko wirkte er sehr elegant. Kein Schwarz. Kein weinerliches Begräbnis für ihre Mutter. Nein, dieses würde einer irischen Totenfeier gleichkommen. Aber eine Jackentasche beulte sich aus. Die unvermeidliche Schere, lächelte Ceil in sich hinein. Sie lief ihm entgegen.

»Legen Sie sie dort drüben hin, Tony, rund um die

Jasmin-Stämmchen.« Tristans Hand zeigte in die Richtung. »Es soll aussehen, als stünden sie in einem Teich. Achten Sie darauf, dass kein Gras durchschimmert. Wir wollen dort den Eindruck von Wasser erwecken. Kurz bevor die Gäste kommen, werden wir die Steine unter Wasser setzen.«

»Wo haben Sie denn die Jasminstämmchen her?« Ceil trat neben Tristan und legte ihm leicht eine Hand auf die Schulter.

»Aus Stecklingen des Exemplars hinten im Senkgarten. Ich habe sie Stämmchen aufgepropft, die ich vorrätig hatte, und während des Winters unter Glas gehalten. Sonst wären sie noch längst nicht so groß. Ist der Partyservice schon da?«

»Ja, vor einer Dreiviertelstunde gekommen.«

»Wo ist Suzy?«

»Hilft den Leuten vom Partyservice.«

»Ist sie okay, Ceil?«

»Machen Sie sich keine Sorgen um Suzy. Wir waren gestern abend zusammen essen und haben uns ausführlich unterhalten. Auf meinen Vorschlag hin will sie wieder zur Schule gehen.«

Tristan legte einen Arm um Ceils Schulter und drückte sie kurz an sich. »Ihre Mom wäre stolz auf Sie.«

»Aber wie fühlen Sie sich, Tristan?«

»Es geht, es geht.«

»Oh, da kommen die Musiker. Haben Sie einen bestimmten Platz für sie vorgesehen, Tristan?«

»Vor dem Spalier.«

»O mein Gott, da ist Adams.«

»Tatsächlich?« Tristan blickte über den Rasen. Adams sah aus wie immer, bewegte sich aber mit den schleppenden Bewegungen eines alten Mannes. »Gut«, sagte Tristan.

»Es ist wirklich gut, nicht wahr?« Mit Tränen in den Augen sah Ceil Tristan an. »Ich werde zu ihm gehen.«

»Ich komme gleich nach.« Er sah Ceil nach, wie sie auf Adams zulief. Sie streckte die Arme aus, zog sein Gesicht zu sich herunter, um ihn zu küssen, und hakte sich dann bei ihm ein. Maggie wäre in der Tat stolz auf sie, dachte Tristan. Sehr stolz. Er sah, wie sie die Köpfe zusammensteckten, als sie langsam durch den Garten schlenderten.

Nach Maggies Tod hatte Adams tatsächlich versucht, das Haus zu verkaufen, dabei aber nicht mit seiner Schwester gerechnet. Geheilt von ihrem Alkoholismus und unterstützt von ihrem Mann, wollte Ceil davon nichts hören, sondern kaufte Adams seinen Anteil ab, um mit Gordon in ihrem Elternhaus einen neuen Anfang zu wagen. Im Nachlass ihrer Mutter hatte sie auch Pläne für eine Umgestaltung des Gartens gefunden, für einen Küchengarten nahe dem Haus, einen klassischen Potager, und war damit zu Tristan gegangen. Zu Beginn des Frühjahrs hatte sich Tristan mit dem Ziel an die Arbeit gemacht, den neuen Garten zum Zeitpunkt des Gedenkgottesdienstes fertig zu haben. Es war ihm gelungen. Er hatte alte, ockerfarbene Backsteine aufgetrieben, die fast genau der Farbe der Hausfassade entsprachen, und sie auf den Wegen in einem Fischgrätmuster verlegt. In ihre Skizzen hatte Maggie auch Standorte von Tontöpfen und Pflanzkrügen eingezeichnet und Anzeigen von Anbietern solcher Gefäße aus alten Gartenzeitschriften herausgerissen. Tristan hatte sie schicken lassen. Auch ein Rankgitter hatte Maggie gezeichnet, für Wicken, Stangenbohnen und Winden – aber nicht für Spalierobst.

Passt Ihnen das nicht?

Natürlich nicht. Man nagelt keine perfekt gewachsenen Bäume an eine Mauer …

»Mein Gott, sieht die Pergola wundervoll aus, Tristan«, rief Ceil ihm zu. »Wie ein Wasserfall weißer Rosen.«

Ja, dachte Tristan, und die Päonien sind *wie Showgirls – unglaublich!*

Judith Stein trat zu ihm und legte eine Hand auf seinen Arm. »Kann ich irgend etwas tun?« Tristan schüttelte den Kopf. Ceil kehrte zurück und begann sich leise mit Judith zu unterhalten, während Tristan zu den Päonien hinüberschlenderte. Bei den Astilben unter der Blutbuche blieb er kurz stehen. *Warum weinen Sie, Maggie*? Sie waren ihrer Zeit ein wenig voraus, ihre Blütenrispen färbten sich bereits verhalten weiß.

Erstmals seit Monaten überkam Tristan so etwas

wie Ruhe. Die ersten Gäste trafen ein, auch der Priester von Holy Redeemer. Er sollte sie begrüßen, aber gerade war ihm etwas Blaues ins Auge gefallen, und er begann in die Richtung zu laufen. Die ersten himmelblauen Blüten des *Phlox stolonifera* ›Blue Ridge‹, den er ihr während ihrer ersten Gartennacht vorgeschlagen hatte, standen offen. So früh blühte der Phlox sonst nie. Er schlenderte weiter zum Wildblumengarten – *vermutlich besteht wie bei allem Wilden nicht unbedingt eine Beziehung zwischen Schönheit und Seltenheit …*

Wie angewurzelt blieb er stehen. »Nein!«, flüsterte er.

Die alte Damaszenerrose war erblüht, Tautropfen schimmerten auf den karminroten Petalen, als hätten sie sich eben erst geöffnet. Tristan blickte sich um. Der Hartriegel, der eigentlich seit Tagen verblüht sein müsste, streckte seine Blütenzweige aus wie in der Nacht ihrer ersten Liebe. Er lockte den Betrachter auf den Roji-Pfad. Irgendwie schien die Zeit aus dem Ruder gelaufen zu sein, Pflanzen blühten verfrüht oder verspätet. Alles war wick. Mit jedem Schritt empfand Tristan ihre Anwesenheit. Sie erfüllte den ganzen Garten. Der Duft des Jasmin im zweiten Senkgarten wehte zu ihm herüber. Ein Horst ›Bell Song‹-Narzissen war aufgeblüht, ihre Blütenglocken erinnerten ihn an ihre Brüste. Die drei Stufengärten schienen miteinander zu verschmelzen. Ein scharlachrotes Blatt schwebte herab und landete auf seinem Sakko. Er erinnerte sich. Und wie er sich erinnerte! Es war einmal – ein anderes rotes Blatt auf ihrer Porzellanhaut. Er nahm es auf und hörte ein leises Lachen im Wind. »Oh Flaherty!« sagte er seufzend.

Und eine federzarte Wolke legte sich wie ein Schleier über den Nachmittagsmond.